# 果然是猴子的旅行

乔鲁京 著

河南文艺出版社

· 郑州 ·

**图书在版编目(CIP)数据**

果然是猴子的旅行/乔鲁京著. —郑州:河南文艺出版社,2018.12
(采桑文丛/李辉,戴新伟主编.第二辑)
ISBN 978-7-5559-0676-6

Ⅰ.①果… Ⅱ.①乔… Ⅲ.①随笔-作品集-中国-当代 Ⅳ.①I267.1

中国版本图书馆 CIP 数据核字(2018)第 190488 号

选题策划 陈 杰 杨彦玲
责任编辑 王 宁
书籍设计 刘运来
责任校对 陈 炜
责任印制 陈少强

出版发行 河南文艺出版社
本社地址 郑州市鑫苑路 18 号 11 栋
邮政编码 450011
售书热线 0371-65379196
承印单位 河南瑞之光印刷股份有限公司
经销单位 新华书店
开 本 787 毫米×1092 毫米 1/32
印 张 7.5
字 数 108 000
版 次 2018 年 12 月第 1 版
印 次 2018 年 12 月第 1 次印刷
定 价 36.00 元


印厂地址 河南省武陟县产业集聚区东区(詹店镇)泰安路
邮政编码 454950 电话 0391-2527860

**作者简介**

乔鲁京，生于1978年。媒体人，先后主创纪录片《融通之路》《钢铁记忆》《甲午推想》《山河岁月》等。曾受邀主持《品位·经典》杂志《行走》栏目多年，有众多文章发表于《人民日报》《光明日报》《中国文物报》《国家人文历史》《中国文化遗产》等报刊。

# 目录

## 结　庐

## 采　菊

# 忘　言

# 结　庐

## 花开花落几城春

这两家之间，只隔着竹篱笆。共用的井水，既深且清。开在屋檐下的梅花，一树两家春，连香气都分享着。

我以《暗樱》雅致的开篇为引。这则短篇小说是日本明治时期女作家樋口一叶的处女作，发表时她年方二十。在樋口笔下分享香气的两家是中村家和园田家，我要讲的两家是两座城，泉州和科尔多瓦。

从地理学范畴的空间看，泉州划归中国福建省，地处欧亚大陆东南，科尔多瓦隶属西班牙安达卢西亚大区，位于这块广袤大陆西南角的伊比利亚半岛上。两家之间何止千山万水,但在我这个匆匆过客看来,却连竹篱笆都不曾隔着。公元929年到1031年,被中国史书称为“西大食”的后倭马亚王朝统治伊比利亚半岛,科尔多瓦是这个伊斯兰政权的首都,10世纪时拥有居民五十万,堪称当时西欧最大最繁华的城市;公元711年(唐景云二年),武荣州易名泉州,到14世纪中叶,被阿拉伯商人唤作“刺桐城”的泉州早已发展成东方第一大港,作为宋元时期海上丝绸之路的起点,对外贸易盛极一时。如此写来,这两座城好像还存着隔膜,那就请你迈开脚步,踏上进城的路吧。

若形容科尔多瓦枕着瓜达拉维尔河,那枕头便是罗马皇帝奥古斯丁下令修筑的大桥。两百多米的桥尽处巍然坐落着“西大食”的建筑极品大清真寺。寺后蛛网般蔓延开的古老街区把穆斯林、基督徒和犹太人的生活交织在一起。数以千计的小型礼拜寺、基督教堂、犹太教会堂错落有致地分布在一个个结点上,甚至到今天行至城区深处,你还能意外发现更古老的罗马神殿废墟。虽然历史学家弗莱彻说，三教共处并不如后人臆想的那般“和平”，但在“西大食”的统治下，基督徒和犹太人还保持各自的信仰，没有被强迫改信伊斯兰教，甚至不少“异教徒”还成了朝廷命官。

泉州古城范围大体与如今的行政区划“泉州市鲤城区”相当，城墙在民国时就已拆毁，城外的浮桥镇现在也变得名实不副。消失的浮桥旁，喧嚣的干道一侧，矗立着一根造型奇异的石柱，风雅的叫法是“石笋”，实则酷似男性生殖器，否则斯文的泉州知府高惠连也不会在1011年（北宋大中祥符四年）出于“私憾”将其击断，我姑且武断一回，笃信这就是鼎鼎大名的印度教林迦崇拜遗存。城外除了康复的“石笋”，还有摩尼教草庵、伊斯兰教圣贤墓地，清源山下道教徒膜拜着五米多高的太上老君石像，山上汉传与藏传佛像并存，一同领受香火供养。

科尔多瓦是四位大哲的故乡：斯多葛学派的塞内卡、把亚里士多德学说与伊斯兰教义相结合的伊本·鲁施德、伊斯兰文明杰出学者 Imam Abu'Abdullah Al－Qurtubi 和犹太学者迈蒙尼德。科尔多瓦也是诗人们的家园：古罗马诗人卢肯，中世纪西班牙诗人 Juan de Mena，以及文艺复兴时期的路易斯·德·贡戈拉·伊·阿尔戈特。无论今天的学者如何颠倒黑白，试图把欧洲中世纪涂抹得灿烂起来，但唯有科尔多瓦才是漫漫暗夜中的月亮，以至这样的说法流传至今：某位学者过世，败家子要想把藏书变现，只有运到科尔多瓦才能卖个好价钱。

待入得泉州城，你感慨府文庙格局宏大的同时，通淮关帝庙近乎繁复的屋脊堆塑一定会让你唏嘘自己是否已老眼昏花。你怎能想到天后宫里的妈祖竟和那位“不信道、不信仙释”的李卓吾先生比邻而居。最奇的还在城北模范巷，1158 年（南宋绍兴二十八年）朱熹在此种竹建亭讲学，自题“小山丛竹”，距朱子侃侃而谈处不过百步，模范巷和县后街相交处另有一座小庙，太不起眼，可假使老夫子入内必定咋舌，因为顶礼的神祇竟是一尊白狗！这被雅称了的“白耇庙”，究竟归属于哪种宗教，到现在都还没个定论。

小到白耇庙的信仰属性，大到两座城何以容得三教九流杂处，都是讲不清的问题，便如苏东坡说，身在此山中，只能横看成岭侧成峰。识不出其真面目的我，索性漫画一组山居小像，主人翁是比朱熹晚三辈的南宋诗人张道洽：且看某日，这位写过三百多首咏梅诗的骚客披一身暮色，出门汲取溪水，又忙不迭折溪畔春梅数枝，再将荡漾着寒水的瓶梅抱回家中，月上枝头，清香不减，烛火摇映，无人来剪……科尔多瓦和泉州分享这浮动的暗香，就让道不明的秘密继续莫与微云澹月知，又何妨？

“南国清和烟雨辰，刺桐夹道花开新。林梢簇簇红霞烂，暑天别觉生精神。”晚唐诗人王毂用《刺桐花》首联、颔联预言泉州为何别名刺桐城。几十年后清源军节度使留从效扩建城池时，下令遍植刺桐。想来花开至最盛，便如王毂接着吟咏的那般秾英斗火欺朱槿了，可再下一句竟成谶语——栖鹤惊飞翅忧烬！卫懿公好鹤丧命是有名的典故，赵佶绘瑞鹤而亡国，君王出逃堪比栖鹤惊飞，至于科尔多瓦和泉州，又都曾与这些担忧翅烬的唳鹤有着不解的关系。

公元750年，阿拉伯帝国的倭马亚王朝走向终点，取而代之的是被中国史书称为“黑衣大食”的阿巴斯王朝。鼎革易帜的阿布·阿巴斯自称“萨法尔”,据说这是个双关语,集屠夫与仁慈慷慨者于一身。且只讲其屠夫一面:他设宴邀请前朝倭马亚皇族八十多位成员,在宴席上把他们一个个砍杀,苟延残喘者被包裹进毯子里,这位“萨法尔”用对头们沉闷的呻吟、渐缓的挣扎来欢庆自己的胜利。

没被烧焦翅膀的唯有一只栖鹤,他叫阿布杜·拉赫曼,是倭马亚王朝第十位哈里发希沙姆的孙子,和传说中的建文帝亡命相仿,他化装易容,只身逃离大马士革,用五年时间从西亚经北非渡海进入伊比利亚半岛。同是唳鹤,二十四岁的建文帝温文尔雅,飞得杳无踪影,或许真伴着青灯古佛终老,不到二十岁的阿布杜·拉赫曼刚毅智勇,浴火化为戾天之鹰,不到一年时间就赢得当地穆斯林的拥戴,756 年在如今的西班牙重建倭马亚王朝,定都科尔多瓦。这只自称“达希勒”(意为外来统治者)的唳鹤,就此开始三十二年的君王生涯,也成为科尔多瓦大清真寺的奠基人。

在《骑手之歌》里，诗人洛尔迦慨叹“科尔多瓦遥远又孤独”。凄寂的达希勒没有望峰息心的机会，因为直到他去世五年后的793年，大清真寺才宣告完工。

那日乍暖还寒，我步入宏阔的庭院，一株株橘树上挂满了月亮般圆润的果实。大月亮悬在辞旧迎新的子夜；红月亮晕染着庭院一角高耸的塔楼。洛尔迦宣告塔楼上有“死亡在守望”，视线“穿过平原、穿过风”，他笔下的黑色小马逾越时间，去召唤1896年春天的樋口一叶。女作家的肺结核症状明显恶化，但仍在高烧与咳血之间勉强执笔，她忘不了自己四年前的疑问：

> 啊，春天在哪儿？别说是花儿，连墙边的芳草也都青青欲燃哩。

在洛尔迦到达科尔多瓦之前，勇敢的马儿传来黑色的消息：那年十一月二十三日，樋口一叶终告不治，享年二十四岁。啊，春天在哪儿？

王穀用《刺桐花》尾联作答：直疑青帝去匆匆，收拾春风浑不尽。黑色小马继续驰骋到初春的1276年，忽必烈大军陷临安，恭帝赵㬎出降，他七岁的哥哥赵昰、四岁的弟弟赵昺成为南宋继续存在的象征。舟师十万的流亡政权借寒风扬帆到了刺桐城南郊，“欲作都泉州”却要瞧闽广招抚使蒲寿庚的眼色。君不见泉州闭城不纳宋天子，当时有城乃如此，守郡者蒲寿庚闭门不纳，宋军掠蒲氏海船二千艘，没其货物。寿庚怒杀诸宗室及士大夫与淮兵之在泉者又与州司马田真子上表降元……

泉州看来真不是唳鹤的福地。这两只翅膀还没长硬的雏儿，大点的在1278年春天病故，小些的在1279年春天被陆秀夫背着蹈海。都是青青欲燃的时光啊，养不成大鹤竟烬灭为黑色。至于五岁便归降的赵㬎，长到阿布杜·拉赫曼亡命的岁数，便遵忽必烈旨意，西行万里去后藏萨迦寺出家，成为藏传佛教萨迦派著名的蛮子合尊大师。被囚将近半个世纪后，这只苍老孤鹤禁不住“寄语林和靖，梅花几度开”，竟惹得二十岁的元英宗大怒，将其赐死于河西，荒原青青欲燃，残忍的季节啊，春天在哪儿？

再说蒲寿庚叛宋投元后，他信奉伊斯兰教逊尼派的家族继续呼风唤雨，泉州也进入最鼎盛的岁月：1291 年春天，马可·波罗“抵达宏伟秀丽的刺桐城”，八年后在热那亚的监狱里，他还念念不忘大批商人云集泉州，“货物堆积如山，的确难以想象”；1346 年，伊本·白图泰漂洋过海来到泉州，二十多年后他回忆说，“刺桐港是世界上最大的港口之一，甚至可以说就是世界上最大的港口。我看到港内有上百条大船，至于小船可谓多得不可胜数”。月有阴晴圆缺，轮到泉州成为翅烬的栖鹤。1357 年，这里爆发“亦思巴奚兵乱”（或称“波斯戍兵之乱”），长期被蒲氏家族排挤的伊斯兰教什叶派打开了魔鬼的盒子。此后十年间，教派冲突、种族仇杀、贸易衰败，刺桐红花凋谢，千帆竞逐不再。

死寂的港口一天天淤塞加剧，浩劫后，泉州穆斯林只拥有一座石头砌筑的艾苏哈卜寺，等到 16 世纪初哥伦布航海时，为数不多的信众几乎看不懂阿拉伯文了。某天他们意外发现一通汉字篆书“重立清净寺碑”，就安放在艾苏哈卜寺里。于是只认得汉字的学者们开始指鹿为马地研究，张冠李戴五百年，真正的清净寺到底在哪里，反倒被淤积为一个再难疏解的谜。所谓的泉州清净寺现在与通淮关帝庙成了邻居,它的西墙朝向圣地麦加,墙中间凹下的一段唤为“米哈拉布”(mihrab),也就是汉语里所称的拜坛。拜坛及其左右两侧墙上镶嵌了一长列雕有阿拉伯文的花岗岩石刻,如果没有陈达生先生主撰的《泉州伊斯兰教石刻》,我无从知晓这些莲草一样逶迤缠绵的纹饰蕴含着怎样的意思。拜坛往南第一龛有五行文字,前半部分讲得极好:

真主是天地的光明,他的光明像一座灯台,那座灯台上有一盏明灯,那盏明灯在一个玻璃罩里,那个玻璃罩仿佛一颗灿烂的明星,用吉祥的橄榄油燃着那盏明灯,它不是东方的,也不是西方的。

樱花绽放最忌风雨,偏有风雨来袭,惹得苏曼殊写下《樱花落》,抱怨谁向人天诉此哀。写到此时我才惊觉叙利亚——阿布杜·拉赫曼的故乡,茉莉花革命催生出的教派冲突、部族仇杀已经开始进入第三年,谁又能向人天倾诉这些血腥哀痛?在叙利亚内战最激烈的阿勒颇,根据《伊斯兰百科全书》的记载，有两座清真寺，据说建筑正立面及入门穹顶的图案装饰、结构风格，与所谓的泉州清净寺几乎一模一样，只是它们还能承受得住 21 世纪炮火的蹂躏吗？毕竟六百多年前冷兵器时代的“波斯戍兵之乱”，用十年的屠戮就几乎摧毁了泉州的一切。

来泉州的游人，大多会造访开元寺。这座巨刹有近八万平方米的规模，仅就占地面积论，几乎相当于三个科尔多瓦大清真寺。开元寺内伫立着东西两座四十多米高的石塔，八角五层，以吨计重的石块叠合垒砌，最终仿建出木构楼阁的视觉效果，成为 13 世纪工匠们奉献给人间的奇迹。东塔镇国、西塔仁寿，逃过了 14 世纪持续十年的兵乱，代价是眼睁睁见证一幕幕胡沙埋艳骨的悲剧。双塔在 15 世纪止不住叹息，却对这座大都会的没落无能为力。它俩向我诉说 16 世纪营造开元寺大雄宝殿时，工匠们如何拆解一座荒废许久的印度教寺庙，拿来做建材。你看，大殿前月台须弥座的束腰装饰着七十三尊青石雕凿的狮身人面像，这些据说都与印度教大神毗湿奴有关；你看，大殿后回廊正中安放着两根形制复杂、雕刻精美的石柱，覆莲瓣方形底座上的柱身被琢成上、中、下三段正方形，正方形的四角雕有含苞欲放的莲朵，其余部分则为十六边形，用两条花带装饰。正方形四面各浮雕一个圆盘，两根石柱合计圆盘二十四个，盘内雕刻的故事大多与史诗《摩诃婆罗多》《罗摩衍那》有关。在这庄严净土的后门，我不知痴痴转了几圈。设想四百年前的工匠们如果没有偷梁换柱，那么泉州这座“世界宗教博物馆”势必减色不少。

来科尔多瓦的游人，为的是领略大清真寺的魅力。我们终于不再留恋庭院里那些挂满橘子的绿树，携着成熟水果的芬芳走进梦幻殿堂。在这个用无数根墨绿色花岗岩柱支撑起的空间里，你我的目光被上方吸引，那是白色大理石和红砖交错镶嵌成的双层马蹄形拱券，起伏绵延到无穷尽处。行走在幽深的底部，反衬着头顶红白相间的明丽，那些双排拱霍然凭空漂浮起来，呈现出浪花翻涌的动态，我们是置身于劈波斩浪的偌大帆船上，还是迷失在童话世界里的魔法森林中？一位撒克逊修女赞誉科尔多瓦是“世界的珍珠”，那么又该怎样形容大清真寺里的米哈拉布？还没从墨绿与红白三色制造的迷离感中平复过来，又撞见令你我屏息的奇观：金色的阿拉伯文充溢于宝蓝色的背景，像是跳跃的火焰，无休无止地闪耀下去。

又轮到这些阿拉伯的唳鹤担忧了。1236 年，科尔多瓦被信仰天主教的卡斯蒂利亚王国夺取。1469 年，卡斯蒂利亚公主伊莎贝拉与阿拉贡王子斐迪南成婚，这对狂

远眺科尔多瓦的古桥与大清真寺

热的夫妇打开了天主教原教旨主义的魔盒。1478 年他俩创建了臭名昭著的西班牙宗教裁判所。作为伊比利亚半岛新的统治者,“天主教双王”资助哥伦布远航美洲,下令驱逐犹太人,至于穆斯林,要么改变信仰,要么流放。想选择流放一走了之,可没那么容易!伊莎贝拉还要他们支付大笔的赎金,或者把亲生骨肉留下来做奴隶。

科尔多瓦大清真寺的拜坛奄奄黯淡下来,抽搐的火焰终于被枢机主教唐·阿尔丰索·德曼里克掐灭。1523 年他决定把大清真寺彻底改造为天主教堂,并争取到“天主教双王”的外孙——西班牙国王卡洛斯一世(神圣罗马帝国皇帝查理五世)的批准。几年后,这位年轻的君王第一次访问科尔多瓦,望着戳进大清真寺心脏里的教堂,他说:

“你们在这里建造的,虽然精美,但任何人可以在任何地方建造,你们在这里毁坏的,是世上独一无二的东西。”

伊本·白图泰说泉州城里的居民“户户有花园和天

井，住宅建在花园当中”，他描绘的竟与我游历的科尔多瓦别无二致。春天，花园里嫩樱飘散，刺桐尽谢，老梅颓败，雨洗杂花渐泪，风消别鸟惊心，草木深处落英都上巢泥，一切仿佛只为印证那句感慨：多情漫向他年忆，一寸春心早已灰。2004 年，短寿的樋口一叶入主面额五千日元的纸币；她的《暗樱》末段，文字何其娴静：

也无风，檐上却见樱花纷纷飘落，满天夕照，晚钟幽幽催人伤悲。

本文初刊于《品位·经典》2013 年第 2 期

# 视野大同

这是我第二次探访山西大同。还没离开就已在想能为雁门关外、敕勒川前的这座古城写些什么。正琢磨时，读到悲伤的消息：我喜爱的诗人谢默斯·希尼（Seamus Heaney）于2013年8月30日在都柏林去世，享年74岁。我重新翻阅他的诗集，发现一首分作五节的诗《视野》，正巧契合我要描绘的大同：

我记得这个女人常年坐着
轮椅，目光投向窗外
盯着小路尽头的梧桐
叶落叶生。

那日夕阳西下时分，站在猎猎风中，我确实望见四方云动，可没有长剑在手，我不是英雄。女英雄早已埋葬在我的脚下。脚下是百万年前恣肆喷发的火山口，其下火红的岩浆不再喷涌，渐渐黯淡下来的肤色宣告他的休眠直至死亡。年复一年的雨雪风霜哦，把女英雄腐烂的肉身与黑色的火山灰搅拌在一起，统统化作黄土，填平了火山口。这座死火山默默伫立在雁北高原的边缘，远远看上去像是被砍掉了头颅的金字塔。山顶平坦周正，或许正因为它如此形貌，才被古人命名为“方山”。

如果没有熟悉路况的师友相助，我又怎能上得了方山。从喧闹的大同市区驾车至此，颠簸取代嘈杂，地图上看去也就五十华里的路程，谁承想竟用了一个小时才开到山巅。眼前耐寒的旱作庄稼，一律隐藏在齐膝高的野草背后，一条今人用红砖铺砌的道路连通南北——假使从天上俯瞰，它或许活似一条痊愈的伤疤——在这伤疤的南端，突兀地耸起两座巨型坟丘，体量相较见绌的是北魏孝文帝拓跋宏（467—499）的衣冠冢——万年堂，最尽头则是他的祖母文明太皇太后冯氏(441—490)的永固陵。这祖孙二人颇不简单,因为中国史上赞誉极高的“太和改制”正是由他们推行的。

永固陵,纪念碑般矗立在这死火山顶的南缘,纪念一千五百年前北中国最有权势的女人。循着山羊觅草踏出的小径,爬上冯太后二十多米高的坟头,我知道这个女人的魂魄常年飘荡在陵冢之上。她的目光投向山前的一马平川,盯着自己去世的地方:平城皇宫太和殿。史家言之凿凿,冯太后去世当天,“有雄雉集于太华殿”。我揣度当时这些好斗的鸟正盯着两座殿堂间栽种的梧桐……

梧桐五度“叶落叶生”后,孝文帝迁都洛阳,盛极一时的北魏平城急速萧条。于是这树便如暮年庾信两度咏叹的那般萧瑟,或“梧桐唯半生”,或“桐何为而半死”;于是平城郊外武州山南麓的匠人们赶紧停下手头叮叮当当的雕凿,匆匆收拾好工具,追上南迁的队伍,从云冈奔向龙门。

跳过屋角的电视看出去,

总是那矮小、扭曲的山楂丛，

总是那同一群小牛背朝着雨和风，

同样的一片杂草，同样的山峰。

北魏平城、辽金西京、明代兵马甲天下的大同镇，和今天的大同市重叠在一起。在我的知识视野里，现在的大同与20世纪90年代的西班牙毕尔巴鄂有些相像：同样悠久的历史，同样的重化工基地，都面临产业结构转型。不同的做法是：毕尔巴鄂请来建筑师弗兰克·盖里设计建造了一座全新的古根海姆博物馆，非但复兴了这座衰败的工业城市，更戏剧化地使其成为知名度很高的旅游胜地；2013年2月从大同调离的市长耿彦波，则用五年时间致力于古城复建，效果如何，还有待时间检验。

我站在善化寺山门外的广场上，面前是一堵从兴国寺迁建来的晚明五龙壁，五色琉璃镶嵌，构图造型甚是热闹。视线跳过五龙壁，是那修复一新的大同南城墙。记忆跳过十五年，我第一次来大同时，面前是矮小、扭曲的棚户房，背朝着被扒光了砖的黄土墙体——雁北高原上这古城的一切几乎都先用黄土夯筑了,再包裹起各式的“画皮”。

崭新的青砖做了旧,却没法讲出过往的故事,比如几乎贯穿于1649年的那场浩劫:年初,归顺清廷的将军姜瓖降而复叛,引得多尔衮派重兵镇压;秋天,姜瓖被部下斩杀,除那叛降者外,大同“官吏兵民尽行诛之”“隳其城睥睨五尺”,府县移治。直到1652年,府县才迁回大同。时任大同知府的是曹雪芹高祖曹振彦,在《重修大同镇城碑记》中写道,睇此芜城,比于吴宫晋室,鞠为茂草,为孤鬼之场者,五阅春秋,哲人以黍离之悲,彷徨不忍释者。

攻城、守城、围城、献城、屠城、拆城、废城、修城……

我祈愿讲不出旧年故事的新砖们不再重复同样的轮回。

我沉湎于想象:那座荒废经年、被拆卸了五尺雉堞的大同城会是怎样一番景象。不惟大同,十七世纪中叶整个中国都被浩劫席卷。有这样一则记载,某知县主仆八人赴任,“方入城,蒿草满地,不见一人,日未暮,群虎拦至,攫食五人!”如此看,大同城里华严、善化两座兴建于辽金的宏大寺庙，因为一时断了香火而困顿凋敝，实在是再微末不过的琐事。

曾比两座大寺更恢宏的，是兴建于十四世纪末叶的大明代王府，可惜在那场浩劫中沦为废墟。玉石台基上，杂花生树，间或有匍匐的房梁、焦黑的窗棂，背朝着雨和风。假虎威的狐狸跳过荒草看出去，唯见野花簇拥着的九龙壁散发出异常的气息。那九条琉璃龙颜色各异，但泛出的光泽仿佛是血和泪混合太久后的沉淀，一律深沉，冷冷宣告它们更爱在血雨腥风中把健硕的肢体狂舞，虽成九种姿态，却是同样的一片暴戾，同样的扭曲。

她与那个大窗户一样毫无变化。
她的前额与轮椅上的铝合金片一样闪亮。
她从不悲伤，从未
承受过一盎司多余的情感负担。

1937 年抗战全面爆发，9 月 13 日侵华日军侵占大同。有了刺刀枪弹的依凭，才成就水野清一、长广敏雄等日本学者对云冈石窟浩大详尽的调查。翻阅长广氏的《云冈日记》,说云冈的十月就雪花飞舞,他继续写道:“微暗的石窟里冷得像冰库一样。但雕凿石佛的手不能停下来。……手冻了,可能渗出了血。……是那些无数的工匠千辛万苦造就了云冈大佛的伟大,飞来飞去的飞天的微笑。”

我相隔十五年,两次都在炎炎夏日里钻进一个个微暗冰冷的石窟。一尊尊几人高乃至十几人高的巨像俯视脚前这个瞠目结舌的我,与我对视,好奇地打量我如何试图更仔细地观赏那朵盛开在头顶的莲花——我猜大概是借着火把摇曳的光束,公元五世纪到六世纪无名的匠师们硬是在这山里掏出二百多个窟龛来。他们用一锤一凿的劳作,终于让石灰岩质地的屋顶花儿怒放;他们呼吸着饱含粉尘的空气,他们喘息,他们干涩的眼前从模模糊糊中渐渐浮现出一尊尊眉宇清晰的造像,留存至今的,大大小小据说超过五万一千尊;他们用残损的手掌轻抚四壁,于是无限绵延出各种纤细、舒展的线条,“温暖,明朗,坚固而蓬勃生春”。可他们的手冻了,渗出了血,但他们再次拳起沾了血和灰的手指劳作，任阴暗继续侵蚀他们已然残损的手掌。

编号第二十窟的露天大佛规模最大，也成为云冈石窟闻名于世的象征。巧得很，和云冈规模成就相当的龙门石窟里，最著名的也是一尊大佛。据说龙门奉先寺大佛的面貌再现了女皇武则天的仪容，云冈的露天大佛会不会也和冯太后有关？如果我这个离经叛道的推论成立，那么北中国最有名的两尊巨型石佛竟不约而同地都以最有权势的女人为模特，想来也是一桩趣事。虽然现状都是露天，但云冈第二十窟的保存状况显然不及龙门奉先寺。更剧烈的崩塌、风化使得大佛右手边的胁侍不辞而别，只丢下她和左手旁的胁侍立佛继续毫无变化的修行。

她的鼻梁高耸硬挺，她浑圆的前额因迎着清晨第一缕阳光而闪亮，她结禅定印的双手已然残损，她会把全部的力量运在残损的手掌吗？不，因为她已入定，她无智亦无得，她心无挂碍，所以她无有恐怖，她远离颠倒梦想。度一切苦厄的她恒久的沉默，那么谁才能寄予我们“爱和一切希望”？

和她面对面在一起是一种教育
就像隔着一个拉紧的栅栏门——
那种苗条、干净，路边
两个白柱子间的铁门，在那儿你能

现在我仍无法忘记她的苗条、她们的婀娜、他的静穆、他们的坚毅。

我和你们，这一堂精彩纷呈的辽代雕像，就隔着一个拉紧的栅栏门。

我和你们在一起，在大同城内的华严寺，在薄伽教藏殿里。

我读《历代名画记》，掩卷总伴着遗憾叹息，因为长安洛阳无数佛寺道观与安放其间的雕塑壁画一并化为尘埃。我所见早于薄伽教藏殿这堂雕塑者，佛光寺东大殿的，被近代浓妆艳抹毁容到了俗不可耐的境界，南禅寺、镇国寺的，都规模甚为局促，差可比肩者是义县奉国寺大

华严寺薄伽教藏殿内“最不经见”的露齿菩萨

殿的那堂，便是电影《一代宗师》里宫二小姐双手合十焚香祷告的所在。所不同处，奉国寺大殿空间宏阔，造像伟岸，薄伽教藏殿格局紧凑，雕塑尺度与真实人体大致相当。

讨论薄伽教藏殿这堂造像的艺术成就高低，实在是见仁见智的话题。

1933年梁思成、刘敦桢等来大同调查，之后所写报告中的评价是“雅丽有余，而庄严不足，立像之风度，亦不及独乐寺观音阁胁侍之隽逸，殆为作者表现能力所限”。至于那尊后来知名度极高的“东方维纳斯”，更仅以一句“合掌微笑露齿，最不经见”带过。

整整八十年后，我在殿内佛坛前往复周游，流连了足有小半日光影。我不愿蹈袭今不胜昔的逻辑，更不想因循所谓“犹存唐代遗风”的旧论。我想说：工匠们在公元1038年（辽重熙七年）前后建起的只能是一座稳健洗练的辽代建筑，内中供奉的只能是那个时代的沉着与纤秾齐存、劲健共绮丽一堂的物什。

一座薄伽教藏殿，无疑是我心目中出类拔萃的艺术博物馆。

一尊“最不经见”的露齿菩萨，也和西方中心论推衍出的××维纳斯无关。对于我来说，“和她面对面在一起是一种教育”。

薄伽教藏殿内，佛堂前，两根红柱子间锁死的防盗铁栅栏门，在那儿我能：

> 意外地更深入地看到外面的乡村
> 并发现树篱后面的田野
> 明显地变得陌生，当你站在门后
> 对准焦距，你的视野便被局限在一个框中。

大同不仅是琉璃彩城、雕塑都会，也是壁画之乡。最巨型的一组在华严寺大雄宝殿内，六米多高的画面，总面积将近九百平方米！假使衡量一堂壁画艺术成就高下，只以规模大小为尺度，那么在整个东亚都罕有其匹。

可惜只是“假使”，在这里我不得不勉强附和梁思成八十年前的观点：华严寺大雄宝殿的壁画“构图描线，俱拙劣不足观，当为清代所绘”。说勉强附和，在于我并不认同那句话里隐含的观念：之所以拙劣不足观，乃因清代所绘。正如王国维所言，凡一代有一代之文学，后世莫能继焉。同样，一代有一代之建筑、雕塑、壁画，清代同样有或豪放或醇和的艺术，雄唐盛汉免不了留下拙劣不足观的遗存。倘若又有人对我说，能从华严寺大雄宝殿的壁画中读出清朝的停滞陈腐，乃至闭关锁国云云，我会直率地建议他不妨深入到大同城外的乡村，一定会有意外的发现。

出大同城一路南行，入浑源县境，你将突然发现树篱后面的田野明显变得陌生，那是一片雁北高原上稀见的湿地景观。漂摆的水草，摇曳的芦苇，在某个夏末的午前，我能指点你一睹戏水鸊鷉的容颜，告诉你每到冬天这里还有白色的天鹅逗留。在这片唤作“神溪”的湿地边，乡民们以一块突兀的巨石为根基，拔地而起盖了座律吕神祠。1763 年刊刻的《浑源州志》解释了小庙名称的由来：某年六月十五月圆之夜，一个叫张珪的农夫躺在那巨石上休息，忽听得半空中有人喊：“律吕！律吕！上天敕汝是月二十五日行硬雨！”张珪回家说与乡里乡亲，听他话的赶在十天内抢收小麦，不信的悔之晚矣。

律吕为古代音乐声律称谓，何以转行来行云布雨？

大同地区属于大陆性半干旱季风气候区，雨水稀少不假，但“六月雨过山头雪”导致作物减产也是事实。于是早穿皮袄午穿纱的乡民们不但求雨，更企盼风调雨顺。如此一来，这门调顺的学问便和声音乐律扯上了关系：吹得遍地起黄沙的狂风和突如其来的暴雨，如同丛杂乖戾的噪声，使得律吕失次；反过来则如《国语》所言：“律吕不易，无奸物也。”

这些是我站在律吕神祠院门后的胡乱解释。我站在院门后，取景器里仍然收不全神祠主殿，尽管它只是三开间的乡间小庙；当我站在院门后，对准焦距，看到的是元至元六年(1269 年)重修的斗拱，原木柱头上深沉的年轮告诉我七百次天鹅南去北归的讯息。

守院的老人用腰间的钥匙为我打开主殿的门。门后，不只有新塑的泥像，两面墙上还分别绘制了龙王出行、返回水晶宫的壁画。从构图描线看，这两组壁画和当地流传的黄天道清代彩绘经卷颇有类似处，应是清代所绘。我承认其笔法稚拙，但谈不上“劣”，更读不出陈腐来。纵是稚拙，也有极出彩的局部。东壁龙王出行中，主尊所骑乘的红腹金睛青龙何等苍劲威猛！那牵龙的赤膊鬼卒，张开满是獠牙的血盆大口，运足了劲道，被穿了鼻的青龙却依旧桀骜不驯。鬼与龙，两双圆睁的怒目对视，比拼的是意志与力。

这是上等的杰作，隐藏在外面的乡村，树篱后面的田野，等待爱他的人“意外地更深入地”发现。请不要对准陈陈相因的焦距，否则杰作也将蒙尘，变得陌生，“你的视野便被局限在一个框中”。

分作五节的《视野》已经抄录一过，跳过英译看出去，我想再为你唱一首雁北边地的民谣。它会寄予我们“爱和一切希望”。它是我的视野里的大同，模糊了焦距，再没有框：

玻璃擦得亮水水，炉筒子灰刷炕围。
红炕沿白锅台，前后灶火一对对。
地上摆个大洋箱，炕上放个大铺柜。
墙围子画着鱼戏水，老婆孩子一炕睡。
铜壶铜锅铜盖盖，大瓮小瓮靠墙摆。

大腌菜烂腌菜，压韭茄子水萝卜。

莜面蘸点菜盐水，上炕吃饭盘起腿。

那日夕阳西下时分，我站在方山顶上。

冯太后的永固陵屹立了一千五百年，不知矮了几尺，封土之上，她的魂魄还能继续飘荡几个一千五百年？

方山上，我们离开南端的坟冢，沿着笔直的伤疤状红砖路驱车北行。劲风传来战马嘶鸣，在落日青山暮色中。

在这死火山顶的北边，有朱明王朝的长城，没有包裹任何式样的“画皮”，横亘在北中国苍翠连绵的群山中，黄土夯筑的还有其上一个接一个隆起的烽燧，宛若这支金色长笛上的按键。

登上残破的烽火台北望，眼前波浪似的山脉有祖母绿样的颜色，天鹅绒般的质地。耳畔引得云团飞扬以至夕阳忽遮忽现的大风啊，是摊开的手掌。这手掌时紧时慢地摩挲褶皱广袤的大地，挥散狼烟，又微拳沾过血和灰的手指，开闭按键，奏响一起一伏的律吕。

在这死火山顶的北缘，猛士们枯干的白骨和黑色的火山灰搅拌在一起，统统化作黄土，后继的猛士用这黄土夯筑起烟墩，登高南眺他们不能归的故乡。

登高南眺，我记起长广敏雄在《云冈日记》最末写到，逗留云冈的深夜，好几次都有错觉，恍惚从黑暗中传来无名工匠静静的微弱的凿音。

凿音被大风击碎，眺望被大风看破。

大风包裹着我，我将听到的，只有明朝戍边将军吟咏的回响："卷地风寒声冽冽，夜深吹落关山雪。"

残阳中，我已看过塞上征夫泪成血。

本文初刊于《品位·经典》2013 年第 5 期

# 烈焰下的1390年代

2015年初，云南昆明《春城晚报》认证微博报道称“1月3日凌晨2时49分，大理州巍山县南诏镇省级文物保护单位拱辰楼被大火烧毁”。

悼念之余，我仍无法忘记十年前初登斯楼，推窗南眺时激动得怦怦不息的心跳。眼前是古朴风貌犹存的历史城区，满目黝青的瓦绵绵起伏，其下重重叠叠的粉壁白墙褪去浮华，泛着淡淡的灰，偶有破败处，显出的也是夯筑黄泥的本色，不带一丝躁气。难怪巍山会在1994年被公布为第三批国家历史文化名城，难怪楼前逶迤南延的南诏古街会在2011年获选为中国历史文化名街。

呜呼，如今古城的标志、名街的起点——拱辰楼，不复存矣！

万里之外，久久凝视拱辰楼化为焦炭的照片后，我重读有关这楼、这街、这城的文献。拱辰楼所在的南诏镇，是巍山彝族回族自治县的县治所在。距县城不远，即是南诏国的滥觞之地，元代段氏家族在此夯土筑城。而据清人梁友檍《蒙化县志稿》记载，1390 年（明洪武二十三年）设蒙化卫，以砖石垒砌四方城，当时建四门，上树谯楼，东曰忠武，南曰迎薰，西曰威远，北曰拱辰。北楼高三层，可望全川，下环月城，备极坚固。城方如印，中建文笔楼为印柄。梁友檍又云，国家封建之典，凿池筑城，设郡邑以拱都会，犹星拱辰。在昔人必法天象纬，度地形胜，知有关于风脉者大也。虽然从抗战初期开始，在一次次破旧立新的建设中，巍山城墙、东南西三座城楼，乃至北门前的月城都被悉数拆除，但这座被当地人戏称为“小天安门”的宏伟建筑仍然顽强挺立。

呜呼，足足挺立了 625 年的拱辰楼竟毁于祝融之灾，竟死得这般惨烈！

不知冬夜里拱辰楼上燃起的烈火，是否伤及楼下老街旁白族大妈盛阿姨的马具店？在人类学家邓启耀1998年考察时，那里已是巍山城里唯一的马具店。十年前，我从拱辰楼下来，曾在这家约莫五六平方米大小的店铺里流连许久。牛皮缰绳、马肚带、木鞍、嚼嘴、盖垫……门类繁复的马具让我这个一直生活在都市的青年大大长了见识。眼花缭乱、心花怒放的结果就是一咬牙买下了整套鞍具。

没错，巍山是茶马古道上历史风貌保存极好的一座城池。可我去时马帮已经没落。在2004年出版的《古道遗城——茶马古道滇藏线巍山古城考察》一书中，邓启耀记录下盛大妈的感慨，生意原来就是随着公路的修通变差的，每修一条就差一点。现在不让马进城，生意更不行了。

十年间，盛大妈的马具店也许早已倒闭或转行，叮咚作响的铜马铃渐成记忆中的回响；十年间，巍山古城也许早已被商业开发得如丽江、大理般成功，酒吧酒绿，客栈灯红。十年之后，那适合山地矮种马的小小木鞍，虽结了陈灰，却仍静卧在我房间一隅；十年之后，那从未派上用场也不曾被我打理过的牛皮肚带，虽像一条僵死的蛇，却也不受风雨侵蚀。

随着丝绸之路和大运河在 2014 年申遗成功，“文化线路”成了热门词语。我听说茶马古道也要准备申遗。可吊诡的是，早在十多年前，邓启耀就发现：

> 店外的主街，已经用外省运回来的长方形青砂石条，铺得平平展展。仿水泥板的平整青砂石路使三轮“摩的”有了用武之地，创造了古城并且和古城很协调的马儿们，反而不能进城了，因为马走的麻石路已被“现代化”。县上发过禁止大牲畜和机动车进城的公告，说是为了开发旅游资源，保护古城街道与卫生。但禁令似乎对马帮有效，而三轮“摩的”依然满大街开着跑。

更值得琢磨的是云南省政府于 2002 年 12 月 24 日下发的云政复〔2002〕137 号文件，其中批准文华镇更名为南

我仍无法忘记初登拱辰楼、推窗南眺时的激动

诏镇。于是盛大妈开在文华镇北街 100 号的马具店，地址也就变更为南诏街。而这也正是第七批全国重点文物保护单位“南诏镇古建筑群”、中国历史文化名街“南诏古街”的由来。看得出急于开发旅游资源的地方政府试图用更名来和年代更久远、听上去也更气派辉煌的南诏国接榫，为此不惜抹净过往六七百年真实可太过平凡细琐的历史积淀。当然这对经历过“徽州变黄山”之类大阵仗的国人们来说，早已见怪不怪了。

心中满是悲伤的我，重新阅读小说《金阁寺》。虽是小说家言，但三岛由纪夫的这部名作取材于真实事件：1950年7月2日凌晨，京都市消防队收到火警，称鹿苑寺（俗称金阁寺）起火。等到消防队赶到的时候，舍利殿（俗称金阁）已经燃起熊熊烈焰，根本无法靠近救援。在这起火灾中没有人员伤亡，但被列为日本国宝的舍利殿被烧毁，殿中供奉的另一日本国宝——室町幕府第三代将军足利义满的木质雕像及其他重要文物俱成劫灰。警方马上展开调查，发现金阁寺21岁的见习僧人林承贤（本名林养贤）失踪。随后又在寺院后面的山上发现了切腹自杀却未遂的林氏。经抢救，这个身体羸弱且口吃的纵火犯终于捡回一条性命。

三岛由纪夫写道：

> 这一天到来了。那是1950年7月1日。正如前述，估计今天之内不会修理好火警报警器。下午六点，这已经成为事实。

小说以第一人称叙事，描绘在雨夜的黑暗中，“我的心欢快地跳动，濡湿了的手微微颤抖着。而且火柴也潮湿了。头一根没有划着。第二根刚划着又折断了。划第三根时，我用手挡风，火光从指缝透了出来，燃着了”。

旋即，始建于1394年（应永元年）的金阁（鹿苑寺舍利殿）开始传出异样的声音。这声音是对“我”第一次亲见金阁时父亲发问的回答：

> “怎么样？漂亮吧？一层叫法水院，二层叫潮音洞，三层叫究竟顶。”
>
> 父亲把瘦骨嶙峋的手搭在我的肩膀上。

“我”的回答像是爆竹的声音，也像是无数的人的关节一齐响起的声音。当哔哔噗噗的声音渐渐消退，时间定格在1950年7月2日凌晨。

我多希望有韩国作家写道：

这一天到来了。那是 2008 年 2 月 10 日。晚上不到九点,有首尔市民报警称崇礼门上出现火焰。

作为李氏朝鲜王朝都城南大门的崇礼门,始建年代几乎与拱辰楼、金阁寺同时,1396 年动工,两年后落成,是汉城(今首尔)四座城门中规模最大的一处。日本殖民时期,崇礼门被列为"朝鲜古迹第一号"。到了 1962 年,韩国政府制定《文化财保护法》,循成例把崇礼门列为"大韩民国国宝"第一号。这排名编号原本不分先后,没有特殊含义,却以讹传讹,让崇礼门成了韩国的头号国宝。

头号国宝着火,如何得了。首尔市消防部门马上出动 32 辆消防车、128 名消防队员前往施救,随后又陆续加派消防员,人数最终达到 360 多人。不过人虽多,但救援却不得法。据说古建灭火的诀窍是先弄掉瓦片,然后找准火源就可迅速扑灭。事实上此前在韩国的世界遗产地水原华城,也曾出现火情,当时消防人员将瓦片打碎,不到半小时就灭火成功。岂料竟因此受到调查,理由居然是"毁损文化遗产"。

有前车之鉴，遇到崇礼门大火的消防队员们这次学乖了——没上峰指示，谁敢打碎古瓦？眼见一条条水龙矫健地扑向城楼瓦面之上，却无人理会楼内木结构的火情。甚至在当晚10时30分左右，消防部门还做出错误判断，认为火势已经得到控制，准备开展扑灭暗火的工作。可成了焖烧炉的崇礼门再也撑不住了。是夜11时前后，突然火龙飞腾，破瓦而出，整座崇礼门顿时陷入肆虐的火海当中。

终于，重檐庑殿顶、二层五开间的崇礼门完全塌落，只留下那烧不烂的石砌城基，兀自勉力承托载不动的多少哀怨与愤怒。时间，这次定格在2008年2月11日凌晨1时54分。

崇礼门烧毁当天，韩国警方在京畿道江华岛逮捕了69岁的老翁蔡宗基。一番审讯，原来竟是拆迁惹的祸！因为修路，蔡氏房产被拆，他嫌补偿金太少而对韩国政府产生不满，于是以焚烧头号国宝来报复社会。当年4月25日，蔡宗基被首尔中央地区法院判处十年有期徒刑。

时间回拨到1950年，当日本警方向林承贤询问动机时，他说的是和蔡宗基相似的理由——对世界感到不满，为报复社会而纵火。当年 12 月 28 日，日本京都地方裁判所判处林承贤七年惩役（坐牢加罚役）。在服刑期间，林承贤的精神分裂症和结核病情加重，于 1956 年 3 月 7 日不治身亡。

时间前行到 2015 年 1 月 6 日，据新华社报道，拱辰楼火灾主体责任人、南诏古乐团团长殷俊华已被公安机关控制，“经云南云通司法鉴定中心实验鉴定和大理州火灾事故调查组分析认定，此次火灾起火点为拱辰楼东南角夹层上方，直接原因为电气线路故障引燃周围可燃物，蔓延扩大造成火灾。根据事故调查情况，大理州纪委监察部门和州检察院已介入调查，将严肃追究事故主体、行业监管及领导责任”。

京都的林承贤、首尔的蔡宗基、巍山的殷俊华，前赴后继，史上留名。

拱辰楼、金阁寺、崇礼门，东亚这三座始建于 1390 年代的楼阁，在岁月的长河中逐渐衰老，步履蹒跚地走进现代社会，竟遭遇了相同的命运！

拱辰楼烧毁三天后，我看到新华社的报道：“巍山县将尽快组建专家组，全面、准确评估拱辰楼受损情况，在充分尊重当地群众的意愿和专家组的建议基础上，按国家相关程序报批后，及早启动拱辰楼的恢复重建工作。”也许不出数年，报端就会出现“名楼拱辰复建，巍山古城重辉”之类的标题，假作真时真亦假的它会不会重蹈崇礼门、金阁寺重建的覆辙，还是更糟糕？

在崇礼门未被烧毁前，我曾欣赏过它的容颜。坦率说，它矗立得很是局促，远不及拱辰楼那般悠然。因为周遭尽是钢筋水泥玻璃幕墙的现代建筑，一栋栋酷立，仿佛都市人潮中一张张面无表情、毫无个性的脸庞。于是身陷其中的崇礼门不复当年睥睨四方的傲气，也让身处这都市盆景旁的我，油然生出坐井观天的不安感。

但我绝对想不到这份不安竟会落实为一场大火。有报道称当时韩国消防队员从火场中只抢救出让宁大君（1394—1462）亲笔书写的“崇礼门”牌匾。这让我不禁联想起拱辰楼上高悬的两方匾额：在盛大妈家马具店抬头看见的,是南侧悬挂的“魁雄六诏”,由蒙化府同知康勤书于1771年(清乾隆三十六年);而楼北悬挂的则是“万里瞻天”,由蒙化直隶厅同知黄大鹤书于1785年(乾隆五十年)。这两方巨匾能否逃过甲午之劫?我还记得当年拱辰楼曾作为县博物馆,那么曾经陈列在楼内的文物们可否安好?但愿他们早就搬到了别的地方。

崇礼门被烧毁后,韩国政府开始了迄今耗时最长、花费最昂的重建工程。据说五年间斥资二百七十亿韩元(约合一亿五千万人民币),前后动用多达三万五千名工匠。更有报道称韩国有关部门规定匠师必须身穿传统服饰,使用传统工艺,木料用的也是顶级金刚松。谁承想重建工程完工没过半年,竟被媒体曝了光,原来用的居然是如假包换的现代漆料和普通木材,再加上不断催赶工期,后果就是彩画成片脱落、梁柱出现裂缝。事情弄大到连时任韩国总统朴槿惠都不得不出面,在2013年11月11日公开呼吁彻查“低劣的重建”,并警告任何人如果涉嫌“违规行为”,都将承担责任。

在金阁寺被烧毁后,1955年开始复建,我欣赏过他的替身。那是夏末的清晨，被夜雨擦拭后的天穹泛射着朝晖。穿过寺门，直入庭院，还没调试好心情，就突兀地打了照面。我俩隔着镜湖池，但眼前的决然不是我在年少时看动画片《聪明的一休》里的那个，更不是我读三岛由纪夫小说时的想象：

> 晚夏宁静的日光，在究竟顶的屋顶上贴上了金箔，倾泻直下的光，使金阁内部充满了夜一般的黑暗。

摹本终究是摹本，哪怕只下真迹一等，哪怕这一等间仅有微末的距离。好比贝多芬的《命运交响曲》，卡洛斯·克莱伯指挥的那一版是无法复制的。何况在泡沫经济膨胀到极点的1987年，“可以说不”的日本人把那赝品的外壁统统贴上崭新的金箔，成为现在豪奢的状态。

游人越来越多，啧啧赞叹声把我团团包围，那一幕却像极了三岛由纪夫在小说里对“我”第一次亲见金阁时的描写：

我变换着各种角度或侧头眺望。它已经引不起我任何的感动。……岂止不美，甚至给人一种不调和、不稳定的感觉。我寻思：所谓美，难道竟是这样不美的东西吗？

1390年代，东亚地区，拱辰楼、金阁寺、崇礼门这三座建筑，各自见证着明初、室町前期、李朝早期的文明。

烧毁前，它们都只不过是一幢古老的黑乎乎的二三层小建筑物。顶尖上的凤凰，也像只乌鸦似的。

灼热中，只见滚滚的浓烟和冲天的烈焰。无数火星伴着嘶哑的歌声纵情舞蹈，它们的头顶就像撒满了金砂。

复建后，乌鸦般的凤凰们次第飞去，空余一只只金灿灿、如凤似凰的乌鸦。

本文初刊于《品位·经典》2015年第1期

# 定州遥想

公元1101年(宋徽宗建中靖国元年),行将走到生命尽头的东坡居士自题金山画像:问汝平生功业,黄州惠州儋州。如此看来贬谪惠儋前出知定州七个月的经历,既无疏浚西湖式的功业,也没有“老夫聊发少年狂”式的超然,在其一生中多少显得有些波澜不惊。

过往十多年里,我曾先后四次走访定州,总爱遥想1093年(宋哲宗元祐八年)秋天,苏子初到这里时的景象:他登上城楼,凭栏眺望这方燕南赵北间的昔日百战之场,接着转过身来——他眼前的定州城,又是怎样一番北国风光?

在我的脑海里会浮现出至少三座佛塔,打破苏子眼中天际线的舒缓。

我曾登上定州南城楼四顾。再寻常不过的华北小城面貌,杂乱无序的城市空间,全然品不出悠远的韵律来。还好有一座巍峨的高塔给我暗示:“是的,九百多年前,我曾见过你念念不忘的苏子。”日光照耀下,定州开元寺塔通体微微沁出象牙白。这平面八角形的十三层巨构,高达 84.2 米,是中国现存最高的砖结构古建筑,早在 1961 年就被列为第一批全国重点文物保护单位。据《民国定县志》记载:宋真宗时,开元寺僧会能尝往西竺取经,得舍利子以归。1001 年(宋真宗咸平四年)诏会能建塔,伐材于嘉山。1055 年(宋仁宗至和二年)始成。

在宋辽对峙的时代背景下,据说大宋天下十八路,唯河北路最重,河北路诸州郡,唯与辽国接壤之定州最重。那么在“实为天下要冲之最”的定州,不惜砍尽嘉山木、耗费半个多世纪的时间兴建一座巍峨佛塔,为的是什么?

《定州志》说“盖筑以望契丹”,故此塔别名“料敌塔”。九百多年前的华北平原上,没有钢铁化工联手制造的雾霾,没有钢筋水泥砌筑的楼群,方圆百里内唯其摩天碍日。登顶监视北方敌国兵马异动，真是再合理不过的解释。可我偏又忍不住去想宋辽边境线上的另一座佛塔——位于当时契丹应州、如今山西应县的佛宫寺释迦塔。此塔高 67.31 米，是中国现存最高的木结构古建筑，同样被列为第一批“国保”。按所谓“料敌”逻辑，它恐怕也有侦察南方之敌的功用。

巧合的是，应县木塔落成于 1056 年（辽道宗清宁二年），与定州料敌塔几乎同时——难道澶渊之盟后，宋辽两国间的明争暗斗，表现为竞相建造超高层建筑？这纯属我的猜测，没有文献佐证。想来若果真如此，总比真刀实枪、白骨纵横来得强些。岂不知止戈戢武后，料敌塔也制造悲剧：1568 年（明穆宗隆庆二年）正月十六日群往登眺，有人诈言州守且至，游众惊迫，互相拥挤，压死者二百三十有七；1773 年（清高宗乾隆三十八年）五月五日村民登塔眺望者甚众，忽讹传州牧封锁塔门，游人惊恐，拥挤而下，压死者三百余人……

料敌塔动工前，有念天地悠悠独怆然涕下者，有欲穷千里更上层楼者，有万里悲秋百年多病者，诚可谓“古往

有关料敌塔,我们又能知道什么

今来只如此”。我来定州已有四回。第一回塔正大修,被密匝匝的脚手架包裹得严严实实。此后每访定州,登塔都是必游的科目。既然这塔有国内最高的名号,既然我从远方赶来,那么我便爬上去做一次又一次好汉,那么我便美其名曰“登天”。

料敌塔落成后,九百多年间名句乏陈,“安得生羽翼,高飞弄云璈”“每上穹然绝顶处,几疑身到碧虚中”,断难称佳。让我困惑不解的是,为何苏子在知定州期间,不曾写下有关开元寺料敌塔的只字片言？于是我每一次爬上去,一边看四周的风景,一边重复关于苏子因何不睬这塔的疑问,然后以模仿诗人韩东在《有关大雁塔》里的发问收场:有关料敌塔,我们又能知道些什么?

料敌塔每一层券门都用铁栏封护,阻挡有种的往下跳,于是在台阶上很久都没再开哪怕一朵红花。按第三代诗歌的标准,只有伪好汉,没有真英雄。我混迹其中,看罢四周的风景,再从塔上下来,走进大街。好汉们转眼不见,徒留我一人站在十字路口。

在我的脑海里,1093 年秋天,至少会有三座佛塔浮现,打破苏子眼中定州天际线的舒缓;在我的面前,只有一座料敌塔讲述往事,另外两座早没了影踪。

它俩分别是静志寺塔和净众院塔。977年(宋太宗太平兴国二年)五月二十二日,僧俗重瘗舍利,封闭静志寺塔地宫;995年(宋太宗至道元年)四月,僧众下葬舍利,封闭净众院塔地宫。此后近千年间,不知何时两塔倾圮。在1933年出版的由社会学家李景汉编著的《定县社会概况调查》里,它俩付诸阙如。等到1966年“文化大革命”爆发,“破四旧”的革命小将们更不知道定州城里还曾伫立过这样两座古塔。

1969年5月,在城里草场胡同的县电力公司院内,工人们挖沟时从距离地表大约60厘米处刨出了一块歇山式石质屋顶。好奇的工人揭开屋顶,发现下面是一个方形洞口。从洞口向下窥探,只见里面散乱摆放着许多器物。电力公司当即通知县文物部门,可不知为何迟至当年7月,当时的定县博物馆才展开清理工作。共出土金银器、铁器、石器、瓷器、木雕、串饰及丝织品等700余件(套),珍珠22克,战国到北宋的钱币27000多枚。这就是静志寺塔基地宫。

1969年12月,城内的李家湾大队在平整耕地时发现碎砖堆积，清理后在碎砖下发现一道单砖平砌的墙壁。农民们继续往下深挖，在距离地面 1.5 米处发现起券，其下有两扇石门。好奇的农民推开石门，发现里面有石函和许多器物，地面上的积水清澈见底。闻讯而来的县文物部门清理出银器、瓷器、石刻等文物 106 件。这就是净众院塔基地宫。

诚然地不爱宝，但倘若早三年重见天日，这两批佛门遗珍的命运可想而知，也因此我愈加钦佩定县工农和文物部门主事者的眼光与勇气。而且他们还意识到两座满绘壁画的地宫本身就是难得的文物，所以在清理后，又将两座地宫原地封存保护起来。1982 年两座地宫被列为省级文物保护单位，2006 年又一起升级为第六批全国重点文物保护单位。

假使今后有缘采访到两座地宫的发现者、清理者，我一定要探究清楚他们的眼光与勇气从何而来。我现在的臆测是，会不会和晏阳初主持的乡村平民教育实验有关？已被今人淡忘的晏阳初，从 1926 年到 1936 年在定州实践"以文艺教育攻愚，以生计教育治穷，以卫生教育扶弱，以公民教育克私”,播下“免于愚昧无知的自由”的种子。否则何以定县在1959年11月就创设了博物馆?何以在中共九大后的狂热氛围里,当地竟能完整保护下两座地宫和文物?我所钦佩的眼光与勇气,或许真的和平民教育有关。

我曾一次次登上修葺一新的开元寺料敌塔,塔体涂抹的颜料因日光照耀泛出隐隐的象牙白。因其最高,故我将登顶美名曰“登天”。我一次次冒充好汉,看罢四周的风景,再从塔上下来,走上大街。旁人转眼不见,徒留我在十字路口独自彷徨。

想起周作人曰:

> 别人离了象牙的塔走往十字街头,我却在十字街头造起塔来住,未免似乎取巧罢?我本不是任何艺术家,没有象牙或牛角的塔,自然是站在街头的了,然而又有点怕累,怕挤,于是只好住在临街的塔里,这是自然不过的事。

这番话我读来总觉得透着矫情，否则他何以从临街的塔顶失足落水。

想起鲁迅说：

> 站在歧路上是几乎难于举足，站在十字路口，是可走的道路很多。我自己，是什么也不怕的，生命是我自己的东西，所以我不妨大步走去，向着我自以为可以走去的路；即使前面是深渊，荆棘，狭谷，火坑，都由我自己负责。

可他又申明不想劝青年一同走他所走的路。

我身心尚无暮气，决意不随怕累怕挤者临街造塔来住，却又自忖已非八九点钟的太阳，怎敢效颦什么也不怕的大先生大步走去。我默默彳亍，一次又一次地吃了闭门羹。只因静志寺塔基地宫、净众院塔基地宫的入口总是锁得严严实实，而那些极精美的唐宋壁画、仿木构件就在我的脚下。我趴在地上，甚至听得到它们的呼吸，却只能想象它们的容颜。可我不敢确认，假使通往那两座地宫的大门当真打开，我还是否有勇气走进幽闭的狭小空间。

所以我彷徨，我彳亍，总不免发牢骚：十字街头象牙塔，登天虽易入地难。

宿白先生在《定州工艺与静志、净众两塔地宫文物》一文开篇即说：河北定州西依太行，东展沃原，既富林木矿藏，又饶农植麻桑，且当大漠南下华北大平原之要冲，故自古以来，既是工艺精巧的城邑，又是中原与北方交往之重镇。

定州工艺在雕刻、丝织、制瓷、建筑等方面都有突出成就，尤以制瓷为最。在宋代五大名窑中，数定窑的烧造时间最长，规模最大。而静志寺、净众院两塔地宫供奉物中，极可称道的就是数量多、质量好、时代可靠的定瓷。宿先生在文中感慨，静志地宫入藏的160多件陶瓷器中，过去较为罕见的瓶、盒、罐、炉类器物竟多达60件以上。净众院地宫入藏陶瓷品计47件，其中把壶、竹节筒盒等亦属少有造型，而器高60.7厘米的刻花龙头大净瓶，更是难得的大型定器。为考古巨擘称许的这两批定瓷，集中收藏在定州市博物馆中。

没准再过不久，新的定州市博物馆将会落成，届时所有的地宫秘宝都有展示的可能。可做这番畅想时，全部的珍宝都被锁在库房中，因为博物馆所依托的定州文庙展陈条件委实有限。我在此地最大的收获是买到一册日本出光美术馆出版的图录，名为《地下宮殿の遺宝——中国河北省定州北宋塔基出土文物展》。原来早在 1997 年末至 1998 年初，两座地宫的若干遗宝就曾在东京、大阪展出。

我想到自己难入地宫，又为看不见秘宝遗珍懊恼。如此念叨两年多，居然有了回报：2014 年 11 月 27 日至 2015 年 3 月中旬，浙江省博物馆在武林馆区举办“心放俗外——定州古塔文物展”。都说精诚所至金石为开，这话果然应验。

便冬日造访杭州去！不为断桥残雪，不为曲院凋荷，我只求一睹定州古塔文物。夙愿得偿的欢乐，又岂寸管所能形容？

还记得进入展厅前我的忐忑——生怕观者如堵挡住视线。谁承想徜徉其中足足一天,见到的游客恐怕还不及展品数量的零头。何等静谧的观展效果,倒真与佛塔地宫遗珍秘宝般配。虽然还是没能见到为宿先生激赏的白釉牡丹唐草纹刻花龙头大净瓶,但囊括金银铜铁、漆木水晶、玉石玛瑙、丝绸陶瓷的三百件(组)参展器物,已足以让我欢喜无量。展出的定窑白瓷中,多件龙首净瓶,"官"字款洗、碗、盏托,波浪纹法螺,无不质薄体轻,刻花划花纷呈,看到会心处不禁想起许之衡在《饮流斋说瓷》中对定瓷所判高论,其妍细处几疑非人间所有,乃古瓷中最精丽之品也。此言得之,此言得之。

清晨开馆时入,日暮闭馆时出。按捺得住兴奋,却抑制不住饥肠辘辘。打辆车直奔西湖边孤山下楼外楼。

楼外楼外,一轮红日向着飞来峰后不疾不徐沉去。西子湖西,三三两两游船抚破金色水面。又有艄公艄婆摇橹荡桨,把那粼粼波光敲得更碎。

飞来峰前苏公堤,自 1090 年成形以来,便化身为苏子疏浚西湖的纪念碑。在这个甲午岁末冬日,我端详它从青绿、绛紫渐变为黝黑的同时，继续遥想1093年秋天，苏子出任定州路安抚使后，可曾从州城出发，跋涉数十里，前往定窑视察一番？

虽贵为宋代五大名窑之一，但定窑窑址所在，五百年来众说纷纭。何以如此？

《民国定县志》云："燕兵之屠戮燕南，赤地千里，燕王厉讳之，不见史册一字。其实燕赵之民随在起义抗拒，燕兵所至屠戮无遗，观定州及各县氏族多永乐迁徙而来，土著绝少，即知当时残杀已空，不能不迁民以实之，其视战争蹂躏之害为尤烈也。"又如宿白先生所分析的：至于定州工艺的彻底衰落，盖由于明初燕王朱棣之南犯。建文初(1399年)，都督平安守真、定，屡挫燕兵于燕南，……是金元之世，定州工艺虽已式微，但两千年来工艺重地的走向解体，实是罹于明初所谓"靖难之役"。

定窑最后一窑火因战火而熄。其后五百年白云悠悠，雪雨风霜把个北中国偌大瓷都夷为寻常乡野。直到1934年，叶麟趾发表《古今中外陶磁汇编》一书，才提到在距定县约四十里的曲阳“偶于当地之剪子村发现古窑遗迹，并拾得白瓷破片，绝类定器”。此书单行本只曾印就两百册，却被日本学者小山富士夫购到。小山氏读罢不禁感慨“这薄薄的五十一页的小册子，就像晴天霹雳一样使我感到震惊和钦佩”。1941年，小山富士夫根据叶氏著作指引，实地调查后宣称自己“发现定窑址”。

这段定窑重新被发现的故事，吸引我带着父母从定州一路西行，来到现在的河北省曲阳县涧磁村（也就是叶先生所称的“剪子村”）。太行山前，小小村外，寂静的沃野上偶有劲风吹过，密匝匝满植核桃树幼苗，却听不到也看不见一千年前的鼎沸人声、蔽日烟火。纵然如此，放眼望去，仍能发现山前乡野这片地表的异样，点算不尽的微微隆起正是当年烧得正旺的窑炉。我随便停住步子，低下头来，脚旁一枚枚瓷片或一块块渣土，凝聚的都是窑火熄灭后的桑田与沧海。

涧磁村外，一座钢架大棚略显突兀地覆盖着一块田地。大门口悬挂的匾额“定窑作坊遗址展馆”说明这里有不同寻常的宝藏。担负看管职责的村民大姐闻声从田中赶来，撂下锄头，用腰间一把钥匙打开大门。眼看她又轻轻旋开门厅右侧一扇普通的塑钢门，下一刻我们已置身方方正正、上千平方米的废墟之畔。

1985 年，考古工作者对这里进行了大规模科学发掘，据说仅仅出土的瓷片就多达三十余万片，更为宝贵的是发现了窑炉、料场、水井、沟、灶、灰坑等种类丰富的遗迹现象，从而完整还原了定窑自筛选瓷土到烧制成器的全过程。透过揭顶的窑炉，可以看到内壁烧土火红色的印迹；一摞摞表面粗涩的匣钵歪歪斜斜地伫立，是它们呵护了无数白如玉、薄如纸、声如磬的精美瓷器；只可惜那一片残破的铺地砖留不住昔日窑工们忙碌的身影、如雨的汗滴……几声雀鸟的聒噪从棚顶传来，试图打破想象的沉湎。置身于大棚内，三五身影实在太过寂寥，还好村民大姐格外热情，为我们细细讲解每一处遗迹背后的意义。

就是在这座大棚里，出土了刻有“尚食局”“尚药局”“官”字款的瓷片，暗示这里曾经为北宋皇室烧制顶级瓷器。同样“官”字款的定窑白瓷片，考古学家还在埃及开罗南郊的福斯塔特遗址发现过，从北中国到北非，何止万水千山的距离。

也许还是在这座大棚里，某个窑炉曾烧制出如今完好保存在台北故宫的婴儿枕——这胖娃儿外套绣花背心，叉着脚趴在绵软的锦垫上，一副悠然自得的神情。让你止不住联想稼轩词中的白描：最喜小儿无赖，溪头卧剥莲蓬。但在已过花甲的乾隆皇帝看来，枕头终归是枕头，于是自诩风雅的他硬是让工匠在婴儿枕的底座上刻下“彼此同一梦，蝶庄且自豪”的御制诗。

庄生晓梦迷蝴蝶。我却要梦回九百多年前，去听东坡吟诵《试院煎茶》里的那句“定州花瓷琢红玉”——定窑虽以白瓷为大宗，却也生产其他颜色的瓷器，这“红玉”若按某些收藏家的说法就是“紫定”。只可惜考古学家还没有发现烧制“紫定”的具体地点，不过它十有八九就坐落在涧磁村附近的田地中。

探访定窑遗址已是两年多之前的事了，关于“紫定”现在仍没有新消息。但我笃信，就在涧磁村外某棵核桃树苗旁，有一枚紫红色瓷片正静静躺着。它仰望天上浮云似白衣，斯须改变如苍狗；它不舍昼夜，不知折射了多少日月星辰的微光。

本文初刊于《品位·经典》2015 年第 2 期

## “那么停住吧，村子”
## ——和 R. S. 托马斯的 *The Village*

而只见

一只惊起的灰蝉

把山中的灯火

一盏盏的

点燃

2012 年的中秋叠加国庆，制造了中国近年来最长的全民假期。在这个假期里，守在家中的我翻阅最新一期《孤独星球》杂志。杂志编辑彼得·格鲁纳特发表了一篇游记，题为《不丹——幸福，重新探索》，其中写道：“传言居住在山上的僧侣都见过一头幽灵般的雌虎，在满月的清辉下昂首阔步，在周遭的高原上巡视。”不知为什么，这句话让我感动莫名，反复吟赏之余，又翻出诗人洛夫的名作《金龙禅寺》，上文摘抄的便是下半阕。

其后百日间，凡逢满月，那头雌虎就在清辉映衬中巡视高原，步履劲健而轻盈；阴晴圆缺的每一夜，灰蝉声嘶，把山中灯火逐盏点燃，遂有微光竭力摇曳。循着这游丝般孱弱的亮，我发现介于诗人想象和僧侣视野之间，有几片遥远的乡村美得那么真实。

在那个超长的全民假期后，如果不是去珠海拍摄两年一度的航展，我恐怕还不会和“开平碉楼与村落”结缘。当北京被寒流风雪裹挟时，凉透的心被南国暖阳拂去褶皱，一天天记录着战机反复冲破音障的嘶吼，直到引擎不再轰鸣，终于能和浑黄海水、阴翳天气作别，奔向这次旅途的终点。

2007 年入选世界遗产的“开平碉楼与村落”位于广东省江门市下辖的开平市境内，具体包括赤坎镇三门里村落、塘口镇自力村村落与方氏灯楼、蚬冈镇锦江里村落和百合镇马降龙村落群。自明朝(1368—1644)以来,坐落于新会、台山、恩平、新兴四县间的开平成为“四不管”之地,土匪猖獗,洪涝频发,当地民众为求自保被迫在村中修建碉楼。始建于明朝正统年间的三门里迎龙楼,距离市区最近,以开平现存最古老碉楼的身份而入选世界遗产,但面貌实在平淡,我想再发烧的驴友选择这里作为探访碉楼的起点,都不免要大失所望。

还好,附近的自力村足以让人重新燃起行走的乐趣。

比起二十世纪八九十年代就草草开发的古村落来,自力村要幸运许多,停车场、收费处、检票口等旅游设施都安置在远离村落的田间,如此既不破坏村内风貌,连村落入口的“水口”风景也得以保全。

南国冬日,村口荷塘里一枝枝凋零的莲茎,让我不免联想徐渭、朱耷一挥而就的画境,可眼光稍一放远,就把这幻念击得粉碎——残叶枯蓬的背景尽是建于二十世纪二十年代的水泥碉楼。碉楼的主人是身在美加南洋出卖血汗的华侨。它们是用主人汇回的美钞英镑变幻出的炫耀资本,它们是古今中西各类建筑风格细部的肆意混搭,它们是千奇百怪匪夷所思的想象堆砌。如果说颓败的莲茎是青藤八大谱写的传统文人名士狂想曲，古雅而清逸，那么这些近百年前拔地而起的碉楼就是普罗大众最寻常且怪诞的梦，俚俗粗鄙却有着格外旺盛的生命力。这生命力潜伏六七十年后，在中国从南到北的广袤乡村如巨大火山般持续迸发，于是触目皆为用瓷砖(那绝对是比六十年前的水泥洋灰更与时俱进的材料)镶裹、层数不等的小楼。

岭南初冬，铭石楼、云幻楼、养闲别墅、逸农楼……十五座名称风雅而造型离奇乖谬的建筑竟比春笋还要茁壮，它们用自己灰青色的身躯来点染由昨夜暴雨洗净的蓝天、乡野簇簇葱绿、连缀成片等待收获的金色稻田，其结果是把一卷水墨丹青硬生生地改造成半新不旧、不中不洋的水彩画。于我而言，自力村的这些碉楼营造出一种光怪陆离的氛围，诡异却美，因为它们毕竟还张扬着迥异的个性，仅此而论，这仍是近二三十年中国城乡建筑所远远不及之处。

自力村让我更恋恋不舍的是几只麻鸭，它们在民宅与碉楼间的水塘里和枯荷做伴，自顾自地好整以暇，对结团而至的游人们甚至不屑投以八大山人笔下的经典白眼。当然,它们也不入那些以碉楼为背景,纷纷扭转肢体,摆出各式高难 pose 的游人的法眼。只有我围着这几只麻鸭,或跪或蹲,加速消耗相机内存,彼此相看两不厌。如今想来可笑,当时在头脑中浮现出的竟是我曾在上海博物馆看过的一卷《柳鸦苇雁图》——苇岸边的四只鸿雁似乎有些线条僵硬,没露出十足的野性,如此反倒和宋徽宗形销骨立的瘦金体相得益彰。不过配得上引首“神韵天然”赞语的,却该是我镜头里这些活泼泼梳理羽翼、不假半点矫饰的健实麻鸭了。

观麻鸭戏水,踩在田垄上感受饱满的稻穗弥散着成熟气息,与自力村这些无所不在的生机作别后,来到赤坎镇的骑楼下吃用柴火烧煮的煲仔饭,饭香还在嘴角萦绕,人已到了锦江里。这个小村规矩得很,连排成片的平房与青绿丘壑间伫立着三栋碉楼。最近村口的一栋就是开平数以千计的碉楼中号称最高最华丽的瑞石楼了。这九层高的乡间小摩天如今仍是私人产权,年轻的女主人在门口坐地收钱后,放任我逐层登高望远。及至最高处,将近傍晚的亚热带冬风拂去口鼻喘吁吁的浊气,视野中由竹林河塘相隔,重重青丘前一片不知名的村落似乎更有意趣:在那村最高处有片巨墅,似乎是用绿琉璃瓦来装饰房顶,若用美丽之类寻常的词语形容我所在的瑞石楼,那么眼前这片没有入选世界遗产的乡间豪宅真可称得上奢华了。可惜我来得匆匆,攻略做得远不到家,对眺望处竟一无所知。

与暮色渐沉竞逐,奔向马降龙村落群。百合镇的这组村落委实偏僻,余晖中真有“暧暧远人村,依依墟里烟”的意境。永安、南安、河东、庆临、龙江五个自然村依山傍河,连缀成一卷清丽水墨——从马降龙一带村中走出,漂洋过海的华侨们境遇似乎不是太好,因为村后的碉楼大多外墙朴素,没有争奇斗艳的烦冗装饰,而层数也都在四层上下,掩隐于浓密的青竹和阳桃林间。阳桃正值采摘时节,村人却似乎视若无睹,任熟透的籽实陨落林间,于是夕阳里,我行走的不仅是林间蜿蜒乡道,更是一条水果飘香之路。

转天，日行八万里，回到零度左右的燕山脚下。窗外，阔叶落尽的寒枝挂雪，其上残存十余枚绛红色的柿子，陆续有麻雀、蓝鹊、喜鹊歇脚，用各式的喙反复点啄视线范围内那些绛红色的斑点。顿时想起洛夫《金龙禅寺》衔接上下阕的诗句，仅有一行，写作：

如果此处降雪

将近七年前，我曾在皖南黟县的宏村守岁。早起，观薄雪微降于玄瓦上形成半透的青灰色，看晚冬初升的晨阳如何徐徐把金色的暖光散布于素颜的世界。少顷，于无人的月沼畔，便有滴答、滴答的水声从檐口坠下，抬头，一片片青灰色渐趋于无，一垄垄渐次叠压的瓦缓缓显出墨样的真容。

“河回村清晨微雨，洛东江泛起薄雾，近察雨落江面方知马远画水之妙，远眺云锁花山竟得米家墨戏真趣。岸边唯我一人，擎伞入万松林听雨打松枝，忽见林外滩头有一只蓑羽鹤遗世独立，敏感的它觉察到我的窥视，振翅低飞，掠过无人野渡自横舟，飞向烟雨苍苍茫茫平远中，便似脱颖而出的一点宿墨，不疾不徐晕染开来，融入这卷雅淡的水墨画中。”

宏村融雪七年后的夏季某日，在韩国庆尚北道安东市丰川面的河回村外，我按动手机发出这条短信，遥寄给父母与爱人。

见识了不少面貌各异的古老村落，大抵能逃过一轮轮战火及开发的都有着近似“桃花源”的设计，河回村也不例外。逶迤千里的洛东江在这里扭转成一个“S”形，虽远远不及金沙江或怒江大拐弯的宏伟气势，却别有一番小巧的自在。当地有谚语“许氏地基，安氏门前，柳氏设宴”，说的是金海许氏于高丽王朝（918—1392）中期最早来到这江湾居住，一百多年后光州安氏也迁到此处，公元1370年前后丰山柳氏族人来此并家门大兴。随着丰山柳氏腾达，金海许氏和光州安氏逐渐搬离了这里，最终河回村成了丰山柳氏的独姓村。而这座风水绝佳的村落也孕育了在朝鲜半岛历史上影响甚巨的两兄弟：儒学大家谦庵柳云龙（1539—1601）和抗倭栋梁西厓柳成龙（1542—1607）。

在朝鲜王朝（1392—1910）时期，文武群臣衍生成所谓“两班”这样一个贵族阶层，此种社会架构至今仍对韩国有着巨大影响——某种意义上，半岛北方也可算是“两班”的变体。河回村作为昔日“两班”故里最典型的活化石，以贵族们居住的雕梁画栋木构瓦房作为村落分区的

河回村是昔日“两班”故里最典型的活化石

结点，周遭那些扎草铺顶、黄泥砌墙的茅屋则属于伺候老少爷们、太太小姐的劳动人民。如此人为区隔出的空间布局颇与恒星、行星、卫星相类，等级鲜明。只是单纯从聚落规划审视，河回村虽然号称是朝鲜风水名家李重焕《择里志》中盛赞的福地，但莲花浮水太极图般的宏观布局里似乎没什么系统严谨的设计，这倒和中原、江南遗留至今的众多明清古村落大异其趣。

也许是现实中等级太过森严，平民们不满情绪的发泄出口只能投射到戏剧上，居然成就了韩国颇为著名的非物质文化遗产“河回别神假面舞游戏”。在假面舞剧中，酸腐的儒生成为被嘲讽捉弄的对象，狂欢迸射出的虚拟氛围一时颠倒了真正的残酷秩序。

对我来说，探访河回村又何尝不是一场短暂的游戏？索性就让它高潮迭起：先是满意自己行前预定的韩屋“乐古斋”住宿，秋风尚远，茅檐低小未破，难得此处无暑清凉，取包中酒自斟自饮之隙，抬头细看燕子成双出入堂上泥巢，一席白纱形如翻转的虹般张挂巢下，伴着耳畔雏儿争鸣，那剪刀似的一对身形往复穿梭；乐古斋外即为江岸，据说河回村风水不足处便在于此，后经高明术士点拨，柳氏族人一口气栽下数百株青松以求补足天然缺憾，数百年光阴积淀把这绝佳的人工景致“万松林”滋养得郁郁葱葱，落日金红色的光芒在松枝间缓缓过滤，有晚风自斜对岸苇荡中吹来，引得阵阵松涛伴着江水泱泱；再行至村口那数亩开阔的池塘旁，遍植的白莲花正当盛开之际，而我何其有幸，竟能和暮云朝雨不同风情时的白莲相对；最难忘怀的又是早起，迎着微雨信步万松林，那条短信发送后，才发觉因雨停船，不能渡江登花山一睹河回村全貌。权且留下这仿佛莫大的遗憾又何妨。如此才好有理由陪家人再访。

曾记否：昨日暮云，钟声与之为伴，悠长的声音从村外的基督教堂飘荡而出，孔夫子的门徒后裔已识不得方块字，钟楼顶上的十字架成了这块小盆地里最高的人工标志，游客们沿着白莲花畔的小路兴尽而返；朝雨，那只孤独的蓑羽鹤啊，有着那头幽灵般的雌虎似的敏感，惊起，低飞，把山中灯火一盏盏熄灭。

粉碎的幻念再度汇聚成形：暮雨，那些乘兴而来的游客多少有些抱怨，逐个消失在白莲花畔的小路尽头，沙沙雨落，夹在松涛与钟鸣之间……

晚钟

是游客下山的小路

羊齿植物

沿着白色的石阶

一路嚼了下去

本文初刊于《品位·经典》2013年第1期

# 采　菊

## 吾乡坎坷牛车路

不必回想你们粗大的脚印
怎样耐心地踏遍吾乡的稻田
一季又一季
怎样犁松了每一块泥土
人们很忙碌
不能负荷那么多记忆

晓樵你好！这是台湾诗人吴晟代表作《牛》的第一节。忙碌的人们究竟能负荷多少记忆？

记忆里在辛亥革命百周年的夏与秋，我两度流连于有“富春山居”“溪山行旅”的台北；记忆里岛内一场百年纪念音乐会上，水牛成为本乡本土的象征；记忆里海岛风情最美的一帧画面定格在台北市中山堂后厅的墙上。墙上一件五米五长、两米五高的巨型浅浮雕，虽是石膏质地，但青幽幽的色调往往使人误会成青铜材质。画面上三个牧童牵了五头水牛邂逅于香蕉林下，故意放低的地平线、未做深远透视处理的背景，把水牛与牧童逼近到我的眼前，形成颇为厚重的体量感。简洁的空间、洗练的线条，传递着静谧、朴质、温馨的乡土气氛。这便是雕塑家黄土水的代表作《水牛群像》——它还有一个名字叫《南国》。

但我必须承认自己无法负荷太多的记忆，以至遗忘了从何时何地，因何事而知晓黄土水及他的《水牛群像》。那就不妨把起点追溯得长远些，回到公元 1895 年。那年 4 月 17 日（清光绪二十一年三月二十三日）清政府和日本政府签署《马关条约》，将台湾岛及所有附属岛屿割让给日本。这年 7 月 3 日，黄土水出生在艋舺。他的父亲是当地一位制作人力车车座的木匠，由此可以想见这是一个极普通的平民家庭。与这块被殖民的土地同时生长的黄土水,虽家境贫寒,却极刻苦,十六岁时考入当时台湾岛内最高学府国语学校的师范部乙科。一百年后,我看那张用繁体汉字制成的学业成绩表,发现他的“国语”(便是日语了)与“汉文”两科,成绩都堪称优良。1915 年 10 月,毕业半年的黄土水得到台湾总督府民政长官内田嘉吉的推荐,成为东京美术学校雕刻科木雕部的“选科生”。

接下来的十年,黄土水的作品先后入选日本第二届到第五届所谓“帝国美术院展览会”。不过 1925 年成为其艺术生涯的转折点,这一年他落选第六届“帝展”,谁知竟成了又一个塞翁失马的案例:三十岁的他自此开始自由探索,先以南宋名画家梁楷的杰作《出山释迦图》为蓝本,历时两年多雕就《释迦像》,继而开始了《水牛群像》的创作。1930 年 12 月初,强忍着腹痛的黄土水终于完成了这件大浮雕的石膏版,如释重负的他还不知道自己的盲肠破裂,引发了急性腹膜炎。天才黄土水天不假年,16 日被紧急送往东京帝大附属医院开刀,可惜为时已晚,还不满三十六岁的他于1930年12月21日病逝。两年后，日本殖民当局开始拆除台北的清台湾巡抚衙门，兴建一座钢筋混凝土建筑“台北公会堂”。1936年12月26日台北公会堂落成后，遗孀廖秋桂把黄土水的最后遗作《水牛群像》大浮雕捐出，永久展示于后厅二层和三层之间楼梯转圜处的中央墙壁上。

1945年抗战胜利，这座由日本建筑师井手薰设计的台北公会堂成了“中国战区台湾省受降典礼”的举办地点。作为中国战区最高统帅蒋介石的代表，台湾行政长官陈仪在这里接受了日本殖民统治时代最后一任台湾总督安藤利吉的投降。同年，台北公会堂正式更名为中山堂。

老实说，如今的台北中山堂只是一座将近八十岁的老房子。在我看来，白天来这里观光，无非有两个看点：见证台湾回归的光复厅与《水牛群像》大浮雕。说来也巧，红底金字的“光复厅”匾额与浮雕遥遥正对，恰似政治与艺术的关系。离那火热的大红匾太近了容易被灼伤，但又不能隔得太远，否则“不知魏晋”就真成了象牙塔里脆弱的玩意儿。《水牛群像》的距离或许暧昧,或许刚刚好,泛着清冷的光,画面里无邪的裸体小儿伸出左臂,轻盈地托起牛犊的下颚,右手舒缓地抚摸着小牛的鼻翼,他俩一个深情款款,一个温柔专注,支撑起这片香蕉林里安宁祥和的氛围,任林外太平洋的风掀起狂暴的浪。毕竟,十几米开外的金字昭示了另一重世界的宿命,便像诗人继续吟哦的:

不必缅怀你们坚韧的脖子
在吾乡这几条坎坷的牛车路
怎样艰苦的来来往往
负载过吾乡人们所有的生活
人们很忙碌
不能再等待你们的步伐

说到这里,晓樵,我试图领你从这首《牛》的第二节中,寻觅"吾乡几条坎坷的牛车路"来:老子骑青牛西出函谷关,据道士们说是去"化胡"——化胡?被胡化?一笔说不清的糊涂账，如此这头青牛是水牛还是青色的黄牛便更加讲不明白。西汉初年“将相或乘牛车”，可见民生凋敝到何等不堪的地步，于是乘牛车的大臣们用黄老之术理国，路稍走得平坦了些，便舍牛而逐天马；与盛汉并论的雄唐，有官至相位的晋国公韩混滉“能图田家风俗，人物、水牛，曲尽其妙”。欣赏了黄土水的浮雕后，我恰好在北京故宫近距离观看了韩氏名作《五牛图》，也是五头面貌各异的牛，却是北方习见的黄牛，与南方的水牛迥异，无牧童相伴，少蕉叶低垂，没有亚热带熏人的晚风，唯有一丛凋零的灌木暗示有西风劲吹，凛冽地向我耳畔传递北温带冬日的鸦声。

人与牛啊，实在有着太多纠缠不清的关系：在巴基斯坦、印度的博物馆里陈列有距今四五千年前的赤陶雕像、冻石印章，表现的是南亚特有的瘤牛，也就是如今充斥印度大街小巷、对汽车人流熟视无睹的“神牛”；殖民统治前的北美，一些印第安部落以捕杀美洲野牛作为主要的生计来源；至于欧洲野牛和野生的原牛，则成为金发碧眼的贵族打猎取乐的对象；你无法想象青藏高原上的牧民离开了牦牛会如何生活，更想不到非洲最危险的动物不是狮子鳄鱼，而是非洲水牛。可这些都不是吾乡驯化了的水牛。

把水牛作为艺术表现对象，似乎从南宋起才成为风尚。我猜想这与帝国政治经济文化中心从黄牛劳作的黄河流域迁移到水牛耕耘的长江中下游流域有关。在南宋，以牧牛比喻修行开始流行，如今陈列于京都泉屋博古馆的阎次平《秋野牧牛图》、奈良大和文化馆的李迪《归牧图》就是很好的证明。这些八百年前的名迹现在被日本政府公布为“国宝”，我虽有缘先后欣赏却免不了惆怅。

还好，有重庆大足的宝顶山。那些摩崖造像中的水牛，直到抗战末期才被中国学者“发现”，让盗宝贼们只能徒劳觊觎。

宝顶山摩崖据说开凿于公元 1179 年（南宋淳熙六年），前后历时七十多年，造像数量近万尊，其中以大佛湾规模最为宏大，在这个 U 形山谷里，绵延五百多米的石刻营造出僧众修炼的坛场、信徒膜拜的圣地、艺术爱好者欣赏的天堂。从佛祖涅槃的安详、千手千眼观世音如孔雀开屏般的造型，到养鸡女那颇重的人间烟火气，宝顶山带给我太多的享受，尤其是圆觉洞左侧那组《牧牛图》，长近三十米，与黄土水遗作几乎等高，委实精彩。

这龛造像以北宋杨次公《证道牧牛颂》为依托，设计了十二组画面（未牧、初调、受制、回首、驯服、无碍、任运、相忘、独照、双忘、禅定、心月），共有十头水牛十位牧人。宝顶山摩崖造像为世人所知时，黄土水已经撒手人寰十五载，假使他有缘看到这组壮观的牧牛图，会激发出怎样的灵感？要知道黄土水曾经反复琢磨过梁楷的名作《出山释迦图》。正所谓“不立文字，教外别传”，从南宋无名工匠雕凿的《牧牛图》到黄土水创作的《水牛群像》，冥冥之中究竟有着怎样不疾不徐的关联？

不必怨叹城市的屠宰场
以屠刀大量诱走你们的同伴
不必追悼你们硕大而笨重的身躯
一季又一季

怎样在吾乡的稻田上

一面喘气，一面反刍枯涩的稻草

晓樵，假使有机会，我想带你去泰国的春武里——那是一座介于曼谷和海滨度假胜地帕提亚之间的小城，一百多年来每逢十月都会举办规模盛大的骑水牛赛跑；或者我们去黔桂交界的苗寨、侗寨好不好，在群山起伏褶皱间的某个圩坝，看一场雄性水牛间的对决。那些坚韧的脖子哦，负载起中空而硕大的牛角，彼此对撞出沉闷的巨响，那些健硕的蹄掌张扬开了咯，溅起纷飞的泥浆，于是拥挤在人群中的你我忘乎所以地喝彩尖叫，把平淡无奇的生活陡然刺激得兴奋起来。

那些很有王者气势的公牛，身躯硕大而不笨重，不必在稻田喘着粗气，咀嚼的也是精细的饲料。可精英或斗士终归是少数，绝大多数的水牛一季又一季耕耘稻田，气喘吁吁，间隙反刍枯涩的稻草。体态笨重的它们来自何方？研究黄土水的学者王秀雄先生刻意强调“台湾的水牛还是荷兰人从南洋引进来的”，我不知所据为何。距离台湾最近的南洋陆地是菲律宾，从十六世纪开始由西班牙人殖民，如此说荷兰人要从更远的南洋载了水牛漂洋过海到台湾？常识让我相信黄土水塑造的水牛不是红毛番的舶来品，而是那些从泉州、漳州渡海来的人们维系生计的命根。就算王先生的说法在政治上"绿"得格外纯正，可问题是驾驭水牛在田间艰苦来往的，不还是黄皮肤、黑头发，说着闽南或客家方言的农人？

一次次的竞逐、角斗分出一轮轮高下、一代代王者。和《水牛群像》咫尺之遥的"光复厅"里，有板桥林家、鹿港辜家逝去的身影，他们先后和头戴花翎、身披菊纹、胸配梅章的人们杯盏交错；"光复厅"外走出数步，大浮雕下站立的除了黄土水，还有一些不易被时间泯灭的魂灵："生根台湾，心怀大陆"的文史大家连雅堂，殒命沪上的新感觉派名笔刘呐鸥，病殁燕京的音乐宗匠江文也……从这楼梯转圜处再向下，才是公民们活动的大厅。出了这栋大楼，是繁华喧嚣的西门町，吾乡的稻田遥不可及，沉默的大多数继续在村外佝偻着脊背如雨挥汗。

《马关条约》签署、黄土水出生后一年，在如今的广西三江独峒乡岜团村边，很是热闹了一番。这是一个依傍孟江河的侗族村寨，1896 年备好木料石材的村民们横下心，请来工匠要建一座跨河的大桥。对《马关条约》或许一无所知的他们直到辛亥革命前一年才成就了心愿，一座侗族特有的风雨桥横卧于孟江河上。

晓樵，在你出生的前一个春天里，我和你的母亲跋涉

五十米长的岜团桥，三座重檐歇山的桥亭打破了一脉青黑瓦覆盖的单调线条

百余里,深入黔桂湘三省交界的腹地,只为看一看这座美轮美奂的岜团桥。

渐近黄昏的日光抚摸着五十米长的桥身,把杉木穿斗的黝黑结构点染出暖意。青石修葺出两岸的台基与河上橄榄形的桥墩,三座重檐歇山的桥亭打破了一脉青黑瓦覆盖的单调线条。最富巧思之处则在于这是一座人畜分道通行的桥梁,三米来宽供人行走的主道旁还搭建起一条畜行道,来来往往最多的恐怕就是终日劳作的水牛了,为了避免它们的便溺污了人们过桥的步伐,分道成为最精妙的选择。但依我看,人牛分道刚好预言了钢筋铁骨的蒸汽机器侵入田园,如此说来比这岜团桥稍晚些问世的《水牛群像》虽然充溢诗情画意,却是黄土水面对田园将芜吟唱的一曲悼歌。

我记得从寨子里走到孟江河畔,穿桥而过,继续绵延的石板路消隐在丘陵下一个扭转处,那里屹立着一株参天巨树。

我还记得另一位诗人昌耀写有《一百头雄牛》,他说:犄角扬起,一百头雄牛,一百九十九只犄角。一百头雄牛扬起一百九十九种威猛。

他说:号手握持那一只折断的犄角。

他听到:呼呜呜……

他感慨:血洒一样悲壮。

所以我说水牛啊:

也不必对着你的主人默默流泪
自从耕耘机的声音
轰轰作响,惊扰了吾乡
自从牛肉香味
自欧美,自不曾需要你们的都城
大量飘进吾乡
吾乡微贱的人们,不能抗拒

本文初刊于《品位·经典》2012年第6期

# 恋恋桃源

晋太元中，武陵人捕鱼为业。

大约是在整整一千五百九十年前吧，陶渊明写了这样一句作开头。若贴近了文本，细读这十一个字，鉴赏家会说“大朴不雕”，怕再难谈出其他的好来；可如果你趁着夜色，独上高楼，望断天涯路后再抬头，不经意间就会发现这十一个字竟开启了一个悠长的传统，由文学弥散到绘画、园林、建筑……像一颗彗星，伴着阵阵西风，在黑漆漆的天幕上划出灿烂的轨迹——如此，这十一个字便是彗头，明亮得让你低头，楼下碧树凋零。

这彗头如此炫目，甚至让你猜不出五柳先生一开始把这十一个字写在了哪里——纸？简？帛？或者墙上？勉强把持住的是弥散开的彗尾，西风袭来，愈近便愈清晰，清晰得听到吉州青原惟信禅师说：“老僧三十年前未参禅时，见山是山，见水是水。”——循着这样的逻辑，你见到的就不是慧尾，只是气体和微尘扑面而来，眼前迷离，却偏要说营造出了一个寻梦桃源的氛围。

天亮了，初春的尘沙继续在这个北方古都的上空肆虐，行道树还没有一棵枝头萌发新绿。下楼，出发，开始我的桃源行。

> 缘溪行，忘路之远近。忽逢桃花林，夹岸数百步，中无杂树，芳草鲜美，落英缤纷。渔人甚异之，复前行，欲穷其林。

要紧的是“渔人甚异之，复前行，欲穷其林”这一句。对大多数人而言，旅行意味着去远方，似乎与自己平日生活的城市无关——我的一位驴友住在天坛附近，他曾认真地告诉我：“我从小到大没有去过一次天坛！”语气中传递的分明是骄傲——可我以为这恰恰缺少了“甚异之,复前行,欲穷其林”的渔夫精神,而这精神能助我一臂之力,在日常经验中发现桃源。若为苏州人,那桃源就是艺圃,若为南昌人便是青云谱,若为绍兴人也许是青藤书屋……所以我要选择北京画院美术馆作为“我的桃源线”第一站。

那渔夫精神又是一条导火线,我点燃了它,请你和我分享,一起看当好奇心对撞平常心时,会激起怎样的火花。

写到这里时,我休息,继续翻看一册《伟大的欧洲小博物馆》(*Great Smaller Museums of Europe*)。我没想到上海古籍出版社会在2005年6月出版这样一本好书,孤陋寡闻的结果是自己整整四年半后才有缘买到,从中可见其实我也缺少打破常规束缚的直觉与勇气。手不释卷的同时,火花忽地燃起:假使有缘,何不写一本《伟大的中国小博物馆》呢?要知道,地不论东西,只要与那些独具个性而人迹罕至的小型博物馆邂逅,便如入桃花林,从容欣赏那些同样“鲜美”“缤纷”的藏品,实在是旅行的至乐啊!

若真的写来，北京画院美术馆肯定是首选：首先，这里同时是齐白石纪念馆的所在，拥有的白石老人作品，无论从数量、类型到质量，都堪称天下第一；二来足够“小”，一到四层，总共四个展厅，展览面积满打满算不过 1167 平方米；三则落落寡欢，总是一幅门可罗雀的景象。

停下来，仔细观看这第一站，它与朝阳公园南门分享一条马路的两侧，即使是尘沙漫漶的初春时节，对面依旧喧闹，路上照样车水马龙。可这一侧只能用“萧瑟”来形容，再平常不过的一栋楼，既非怒目的金刚，也不是低眉的菩萨。

我需要引燃好奇心，才能让你看破这普通的皮相，直觉带你我推开一扇大匠之门，前行，霎时火花四溅：有心诗自书，有墨海灵光，有庄丽正雅，有华彩妍秀，借山娱目间可以降伏心头四魔，天然之趣中能参悟贯通六道的慈悲。打过几次交道后，你就会发现，这座小小的美术馆绝对是一位匿身闹市的大隐，有着穷不尽的桃花林，一年四季总能给你新的惊喜。如此恋恋不舍，就要止步不前了，还好有法子淬炼一颗平常心：

三层展厅入门往右第一个拐角内，经常悬挂一幅问世于 1938 年的《桃花源》，101.5cm×48cm 大小，纸本设色，镜心式样装裱。那一年七十四岁的白石老人，在寄萍堂上用一支秃笔幻化出青山夹峙，又在其间细细收拾，点染出一脉逶迤的桃红。

寻找合适的光，站在恰到好处的角度，隔着玻璃幕墙与《桃花源》相对，那一瞬间你就成了打鱼郎。紧接着的下个刹那，肩披蓑衣的你便穿过那堵透明的墙，从容地戴上斗笠，信步登舟，撑起长长的竹篙，那片碧绿的江上霎时泛起一道涟漪，就这样滑行，向着桃林深处、云朵起起落落的地方。

你以为自己就此抓住了彗星的尾巴，但迷离中却读到杏子坞老民的题跋：

平生未到桃源地 意想清溪流水长

窃恐居人破心胆 挥毫不画打鱼郎

那时西风不吹，尘沙不起，青原惟信禅师接下来说的话便听得模模糊糊:“及至后来,亲见知识,有个入处。见山不是山,见水不是水。”于是走出美术馆,眼前一排接一排的行道树上,有新绿点点浮现枝头。前行,去下一站。前行,欲穷其林。

> 林尽水源,便得一山。山有小口,仿佛若有光。便舍船,从口入。初极狭,才通人。复行数十步,豁然开朗。土地平旷,屋舍俨然,有良田美池桑竹之属。阡陌交通,鸡犬相闻。其中往来种作,男女衣着,悉如外人。黄发垂髫,并怡然自乐。

“初极狭,才通人”,写得真好,落到现实中,竟和坐落在日本京都远郊的 MIHO(秀美)美术馆丝丝入扣。从 1997 年 11 月 3 日开馆算起来,不过十来年的时间,MIHO 已经声名远播,不过真正造访的人并不多,因为走得麻烦,近乎烦琐:我从繁华的京都火车站出发,先坐 JR(日本铁道公司)琵琶湖线到石山站,再转乘一趟巴士驶进信乐山区——地图上瞧着半厘米的距离,在山道上往复盘旋,竟要花上五十分钟，曲曲折折到终点时云深不知何处，再转头看同行的你，盖着初秋暖暖的阳光，已然睡得不亦乐乎。

我在下车的地方背古诗，“松下问童子”“樵客初传汉姓名”，你就知道这里去采药的师父姓贝名聿铭了。据说贝聿铭先生从事务所退休后，壮心不已，因缘际会接受了日本新兴宗教团体“神慈秀明会”女教主的邀请，来到这信乐山中设计 MIHO。事后贝先生回忆说，在设计之初面临的最大问题是没有一条妥当的道路，幸好有位建设委员会的成员告诉他，自己拥有建设用地，就是山谷对面的土地。于是贝先生在那方土地上种下一片桃林，到秋日里结出的“果实”便是眼前这座游客接待中心。

在这里买过票后，会遭遇一道选择题：去美术馆是搭乘免费的电瓶车，还是徒步五百米？睡眼惺忪的你可以迷迷糊糊，但在这个问题上一定要清醒——步行，很重要！

请用双脚去丈量这片土地，林尽处，有山，山确有小口，光影绰绰，这就是贝先生的“暮年诗赋”了：一条金属质地的隧道、一座钢索斜拉吊桥，极现代的手法，却把一个传递了一千五百多年的梦做到了实处。隧道圆圆的，从这头看不到那头，像是凭空抛掷一张渔网，可还没有撒落到水上；吊桥则像是一张沉甸甸的收获的网——当你抬头去看上方斜向的钢索时，极远方不知名江上的寻常渔夫已是一张一弛；张弛间，你在这山里追随樵翁的足迹，"复行数十步，豁然开朗。土地平旷，屋舍俨然"——网里跳跃的鱼儿好大，便是吊桥前方的MIHO展馆了。走到展馆入口，便再也寻不到樵翁的足迹；抬望眼，他静静地站立在那里，化身为一株苍劲的老松；松后青山依旧绵延，就是神慈秀明会的总部。

我去的那日，这里正在办秋季特别展："古陶之谱——中世纪六古窑和周边的陶器"。既然是陶，便泛不出釉色，一个个土花斑驳，和这细腻的空间形成了微妙的反讽：说古上不了三代，谈美又着实无从论起，甚至与"素朴"都不搭界。总之，让远道而来的我颇感失望，但或许能让这边山里人怡然自乐吧？据说他们无论黄发垂髫，都还未改秦服呢。

行前，我的希望是能看到一个可心的陶壶，好做一做容身之地的壶公梦，到了现场才发觉东瀛那些罐、瓮、樽，健硕得近乎笨拙，或密密麻麻或稀稀疏疏，填充了大多数展厅，可没有一件我中意的壶。直到行笔至此，我才恍然大悟：MIHO 本身不就是一个硕大的壶吗？不是陶的，倒像是传说中的柴窑出品，泛着秋后雨过天青云破处似的釉色，刻着极其细腻的桃花纹。

壶底有款，曰：

独入深山信脚行 惯当貔虎不曾惊
路傍花发无心看 惟见枯枝刮眼明

壶表，釉色莹然；

壶中，空空落落，虚无得很——甚至高明者如 MIHO 首任馆长梅原猛，声称自己“对于宗教团体神慈秀明会并不是十分了解”，只一味强调“在日本战后建设的建筑物当中，还找不出比贝聿铭先生设计的 MIHO 美术馆更为优美的建筑物”。日本当世大哲尚且如此，我对以推广

“自然农法”见长的“神慈秀明会”就更要敬而远之了，虽然发自内心地祝愿他们稻云不雨不多黄，荞麦空花晚着霜。

如此说来这第二站似乎是形式大于内容，那下一站又将如何呢？

> 见渔人，乃大惊，问所从来。具答之。便要还家，设酒杀鸡作食。村中闻有此人，咸来问讯。自云先世避秦时乱，率妻子邑人来此绝境，不复出焉，遂与外人间隔。问今是何世，乃不知有汉，无论魏晋。此人一一为具言所闻，皆叹惋。余人各复延至其家，皆出酒食。停数日，辞去。此中人语云：“不足为外人道也。”

是在一个冬夜，从“我的桃源线”第三站下车。

记得那天上午还和你在西班牙的马拉加晒太阳，傍晚就到了格拉斯哥，火车把我俩带到 Lanark（拉纳克）。暮色中不辨东西，走进一间小小的杂货店询问如何前往（新拉纳克）New Lanark，这里虽没有人“设酒杀鸡作食”，却有同样的热情,没等苍老的女主人告诉我俩答案,两个正采购的姑娘就主动发出了邀请。

就这样乘坐着她们小小的汽车,一路盘旋向下,直奔目的地,像是一则童话;在我的想象里,这一站是一个迷你盆地,Lanark 是盆的边缘,姑娘们带着我俩像坐滑梯一般出溜到了盆底的新村,回到了 1800 年的 1 月 1 日。

苏格兰的新拉纳克

在那个二百多年前的冬日里，不满 29 岁的罗伯特·欧文来到 New Lanark 纺织厂，担任经理，负责管理上千名工人。他在这里开始实践人性化管理，废除惩罚制度；他主动把工人每天的工作时间从 14 个小时缩短到 10 个小时，却同时提高工资；他绿化厂区环境，改进卫生设备，建造宿舍，让每个工人家庭拥有一套两居室；他建立食堂，发放抚恤金，设立互助保险，提供医疗服务。而他管理的 New Lanark 纺织厂非但没有因此亏本，产值还提高一倍以上，获得了巨额利润。乘胜追击的罗伯特·欧文在 1812 年发表了《关于新拉纳克工厂的报告》，洛阳纸贵的同时，这片试验田也风光无限，达官显贵、富商巨贾纷至沓来，据说其中还包括了俄罗斯沙皇。

这一小块田地的试验还在继续：1816 年，罗伯特·欧文耗资一万英镑在 New Lanark 建立了全世界第一所现代意义的公共学校——"性格陶冶馆"，旨在为 2 到 14 岁的孩子们提供良好的教育，这里还成为工人们休息时的文娱中心，而这也就是后来工人俱乐部和夜总会的雏形；罗伯特·欧文又在 1820 年写下著名的《致拉纳克郡报告》，提出消灭私有制、财产公有、权利平等和共同劳动的主张。这成了一个拐点,从此之后试验田风光不再,慈善家被视为狂人,可罗伯特·欧文却是衣带渐宽终不悔,直到1858年11月17日,憔悴的他撒手人寰。

我记得自己读的中学教科书里对罗伯特·欧文的评价很简单:空想社会主义的重要代表人物。我还记得英国皇家邮政在1989年发行了一套邮票,主题是“工业遗产”,其中一枚描绘的就是这盆底的风光。不过仅仅用“工业遗产”来概括 New Lanark,一如欧文头顶的“空想”桂冠,实在太偏狭了,我给你的介绍是:“让我们去看看全世界第一座托儿所、幼儿园吧。”

上面三段文字写得枯涩,活像几块干巴巴的压缩饼干,可非如此,我无法讲清那个传递了一千多年的梦是如何在 New Lanark 脱胎换骨,变成一片乌托邦试验田的。在那块田里,一代代农夫弓身劳作,即便是在满天皆白、风雪弥漫的日子里。落日收工时,听说来了陌生渔人,都纷纷前来问讯,问如何而来,问今是何世,问此行何去。

渔人说:长江万顷一艇子,一夜雪寒不成睡,恰有脱耳朔风吹裂山，便得入万山圈子，半淡半浓，叠叠重重，一山放过一山拦，直走得满身满面都是雪，直走得冬去春来落梅如雪、野桃红小，方见远草平中牛背，新秧疏处有人踪。

农夫们交头接耳：怪来平地寒如许，至今花头雪未销，原以为雪满远峰人未知，谁承想山北冰融，溪声一路迎，客既是循声而来，便请至公社，酒食相招。

于是酣歌烂醉花前倒，醒来窗晓。农夫又问：只说吉州有新事，莫不是命令昨颁，十万工农下吉安？

渔人答：主人酒令来无穷，恍然堕我醉乡中，若说吉州，君不知太守清似白鹭，三年八邑邑邑熟，如有新事，想是青原惟信禅师上堂了。

其后渔人自称畏病不饮酒，停数日，辞去，此中农夫云：也知渔父赴鱼急，山南溪响送人行，随波逐流莫寄声就好。

渔人言：六朝几宿草，事往空余哀；只作蛙听故自佳，何须更作鼓吹想。遂入空山，时山南溪边红残绿暗，路上山花也稀，又遇雨，溜急至舟横处，忙开舱门，坐船中，倾碧酒一两杯,独看雨后斜阳拈出好山万皱。

只因为杨诚斋是吉州人,我就撕扯他的衣裳,不是一块绣花,而是许多片,组合起来拼凑了上面这个中国版的 New Lanark 游记。身为摘取者,我不想吹嘘或附会,可毕竟还记得圣人的教诲:"摘句"最能引读者入于迷途。所以需要引一首,打破这迷离惝恍的氛围:

两岸舟船各背驰 波痕交涉亦难为
只余鸥鹭无拘管 北去南来自在飞

回想起来,罗伯特·欧文在 New Lanark 营造的乌托邦社区,19 世纪盛极一时,20 世纪凋敝不堪,2001 年入选世界遗产。再八年后的那个冬夜,我俩入住由当年工厂改建的宾馆,吃着腻腻的奶油蘑菇饭以及苏格兰国菜 Haggis(哈吉斯。羊肉杂碎布丁),想到的却是一个悠长的东方故事。尽管又时隔两年,可这桃源线上第三站,我写来仍是内容大于形式了。

既出，得其船，便扶向路，处处志之。及郡下，诣太守，说如此。太守即遣人随其往，寻向所志，遂迷，不复得路。

如果有可能，我建议你在夏天时去一次苏州博物馆。我说的是2006年10月6日落成开放的苏州博物馆新馆。和“暮年诗赋”的MIHO相比，更晚近的苏州博物馆似乎争议颇多：“贝先生真是凌云健笔意纵横”这样的高调外，也少不了令人嗤点。其实笔健也好，嗤点也罢，都是读书人制造的话题，不需要盲从，按你自己行走的节奏去感受就好。

免费开放再加上周末的缘故，我到达这一站时，游人极多。人头攒动在绝大多数展柜前，甚至楼梯台阶上都一层层叠坐了无数陌生的面孔。却也怪了，竟没人愿意驻足在那件五代越窑秘色瓷莲花碗前，可那是名副其实的镇馆之宝啊。我认为是展线设计的问题：它恰恰被安放在西部展区末端，而此前游人们上上下下，出没于各个展厅，走到这里时已经精疲力竭，再看前方还有很长的路要走，也就无心眷顾这件真正的国宝了。

写过一首《秘色越器》的晚唐诗人陆龟蒙是苏州人，他说“九秋风露越窑开，夺得千峰翠色来”，这是秘色瓷与苏州结下的最早一点渊源。至南宋，周辉《清波杂志》云“越上秘色器，钱氏有国日，供奉之物，不得臣下用，故曰‘秘色’”，今天来看不免以讹传讹，但有关五代吴越国钱氏“供奉之物”的说法还是对了，证据便是这盏莲花碗。

碗据说是在1956年维修虎丘云岩寺塔时，从第三层天宫内发现；到1961年1月1日苏州博物馆建成时，便归入苏博——当时的馆址就是和如今新馆毗邻的太平天国忠王府，那年3月4日，忠王府成为第一批全国重点文物保护单位；整整两年后，有人高唱“沧海横流，方显出英雄本色”，才过了一周，就有人和“四海翻腾云水怒，五洲震荡风雷激”，于是那一年忠王不忠，被指为叛徒，扫入害人虫的行列。既然能鸡犬升天云中喧，也就可以落井下石，1964年10月26日，这处府邸被撤销了“国保”资格，还好挂着博物馆的招牌，才躲过后来的大暴雨。雨过天晴，1981年10月16日又恢复了“国保”的资格。

我讲苏博这段故事，既因为早就有高人下了断语："吴楚地，东南拆。英雄事，曹刘敌。被西风吹尽，了无陈迹。……叹人间、哀乐转相寻，今犹昔。"也因为游人们的匆匆来去，给了我足够多的闲暇对着这盏莲花碗发呆，于是好奇心再一次被引燃：那一泓清漪春水般的千峰翠色究竟从何而来？

八百多年前，周輝和稼轩居士见过面吗？我不是八卦的记者，却幻想他俩聊过"秘色瓷"的话题，不然稼轩居士怎么会徐徐点破"千峰翠色"的来历呢：千峰云起，骤雨一霎儿价，更远树斜阳，风景怎生图画，怎生图画。便是一抹翠色最好，一如这碗莲花，在古塔中睡足了千年。

一千年以后，展厅玻璃幕墙外种满了绿竹，竹林那畔别有几壁白墙，临着一池如镜之水，墙下水前排砌片石若干，便是贝先生效仿米家云山墨戏的大手笔了。那池面兀地皱起，有风吹过，却带不动笔底三峡水声；也许你行遍江南江北，可蓦然回首，这堂假山还真似旧时相识，记得吗：

几番画角催红日 无事沧洲起白烟

忽忆赏心何处是 春风秋月两茫然

烟云散后的那一夜,流星如雨,无须灯火阑珊,黑漆漆的天幕上划过无数灿烂的轨迹。那秘色瓷碗中的莲花沉沉睡了千年,终于开放了,不在案头供读书人把玩,却无声息地萍浮在池中,和着水底飘荡的云山片石,碗前落下六朝的帆影。

彗尾迷离的梦里,做再多的标识,也不复得路,你只消在这山水光中,无事过一夏就好了。

后遂无问津者。

据说,牛津大学艺术史教授弗朗西斯·哈斯盖尔和剑桥大学国王学院前任教务长诺埃尔·安南之间有一个约定:不论谁到哪里旅行,只要发现有意思的博物馆,就要赶快通过寄明信片的方式告诉对方。这能入《世说新语》吗?顾不了这许多,我只在桃源线上停了四站,每次等候下一列车的时候，都写满了一张明信片。下一列车已经由远及近地驶来，蒸汽驱动的车头喷吐着白烟，像是弥散开来的彗尾，有气体和微尘渐渐迎面而来。

我忙投了明信片，就匆匆上车，又径直向车尾走去，也就一步步靠近了彗头，就这样往事越千年：秋天那节车厢里，樵翁说山风萧瑟，换了人间，旁边有人挥舞马鞭；属于夏天的车厢里，一位蓄着八字胡还留着辫子的读书人旁若无人，一边口里念念有词："经此世变，义无再辱。"一边抬抬眼镜，直瞪瞪瞅着窗外吹皱的池水；那节春天的车厢里，有人倚窗抱膝，任车外湖上渔舟逐水，只坐看岸边红树；冬天的车厢外是大臯渡口，眼瞅着年过半百的杨诚斋从河对岸过来，气喘吁吁跑上了车，却还不忘作诗，又怕是岁数大记性不好的缘故，赶紧借着哈气信手涂抹在了车窗上：

雾外江山看不真 只凭鸡犬认前村

渡船满板霜如雪 印我青鞋第一痕

那是公元1180年(南宋孝宗淳熙七年)正月五日的清早,车厢里,吉州青原惟信禅师对着一群农夫又清清楚楚地说了一句模模糊糊的话:“而今得个休歇处,依前见山只是山,见水只是水。”

顿时,窗外下起了大雪,如粉如沙,弥漫太空,旋转而且升腾四分三十二秒后,汽笛长鸣,列车缓缓开动,由近及远地向下一站驶去。我已站在车尾,低头去看那轨迹,长长的,划向越来越不清晰的站台。

本文初刊于《品位·经典》2011年第2期

# 花开在石头中的秘园

我走在从聂塘卓玛拉康回拉萨的路上。那是一条笔直黝黑的柏油路,那是钻天杨在蓝透了的天上信手涂抹两笔金边的季节。这段旅程的终点是达赖喇嘛的“宝贝园”——意译过来是多么俗气的名字啊,而音译的“罗布林卡”一定会让你浮想联翩。

在偌大的罗布林卡里漫游,时针渐松渐弛,于是在六年前那个秋阳高照的午后,不经意间我走进了园子深处的动物饲养区。那儿有一座小小的狮子山,山外空空荡荡,通向山里的铁门半掩半开……为了去看据说当时全西藏仅有的一头活狮子,我轻手轻脚地溜了进去。

我进入一条幽暗狭长的通道,一边是厚重的水泥墙,一边是一间间的栅笼。当目光适应了幽暗时,我知道我与这头活狮子只隔着一间空无一物的栅笼:午后阳光把水泥墙化作一片金色的幕布,上面烙着黑色、倾斜着的栏杆,在栏杆与幕布之间夹着一个不停移动的巨大兽影,不疾不徐,往复踱步。虽然影子变形,但蓬松的颈项暗示它是一头雄狮;它短促的呼吸声距离我的耳畔越来越近,越来越沉重,越来越让我感觉到它的苍老。

那一刻时钟停摆。

他的目光因木栅晃过
而困乏,什么再也看不见。
他觉得仿佛有一千根栅木,
一千根栅木后面便没有世界。

探访秘密花园,或许应该点缀苏东坡在金山寺自题画像时的感受吧。公元1101年(北宋徽宗建中靖国元年)5月,心似已灰之木、身如不系之舟的他谈及平生功业,自答“黄州惠州儋州”。而东坡暮年贬谪岭南的前一站，是在今日河北省、古时中山国境内的定州。不过这段出知定州的经历，从1093年（北宋哲宗元祐八年）十月廿三日到任，至1094年（北宋哲宗绍圣元年）闰四月奉诏南迁，算来仅有半年左右的时间，在各种版本的苏子传记中都只是一笔带过。虽是轻描淡写，却也留下可观的印迹：

余于中山后圃得黑石白脉中涵水纹，有如蜀孙位、孙知微所画石间奔流，尽水之变。又得白石为大盆盛之，琢盆为芙蓉，激水其上，名其室为"雪浪斋"。

一块曾经僵卧枯榆根旁的炮石，就这样被苏子安放在玉井芙蓉丈八盆中；盆唇一圈铭文有拓本流传，乾嘉时期风雅的学问家们纷纷题跋其上，如今收藏在国家图书馆里；那圈斑驳的字迹最后止步于"四月辛酉绍圣元"，引我们想象57岁的苏子童心大起，玩起激水飞雨的游戏，把酒坐看珠跳盆。可不出一月，这老翁便匆匆起身南下，其后五个月更是连续接到五道诏命，开始了惠州、儋州一段子孙痛哭于江边、魑魅逢迎于海上的"功业"。

七年后的建中靖国元年七月二十八日，北归的苏子逝于江南常州。而雪浪萧斋、玉井芙蓉，都被故交张舜民一一复原，非但如此，这位浮休居士更写下一首《苏子瞻哀辞》：石与人俱贬，人亡石尚存。却怜坚重质，不减浪花痕……

现在，我要加速拨转时针，省略掉其后九百年的叙述，带你到一座废园——把苏子挚爱的雪浪石呈现在你的眼前。

时间定格在三年前的寒露时节：你在河北定州“武警八六四〇部队医院”的大门前踯躅，你在“吕”字形的平房门诊部往复回环。好在废园的残迹终于显露出来，晨阳悄无声息地暗示“它就躲藏在后一圈平房的包围中”，却又同时把窗棂幻化为无数升腾的栅栏，阻隔你进一步探寻的足迹。当心潮渐渐归于平静，你才发觉原来与它只不过隔着一扇铝合金的玻璃门——旋转把手，进入这个隐匿的花园：

没有曲水流觞，没有舞榭歌台，太湖石草草叠加成一排拙劣的假山面貌，前后左右随机穿插着几株新植的雪松与白杨，再有就是一座简易得近于寒酸的六角亭——这就是残存至今的古众春园，你多少会有些失望，毕竟和想象出入太大。

因为想象基于文字与历史。和姑苏许多有来历的园林相仿，这北地的古众春园的创建至少可以追溯到11世纪中叶，先在李昭亮任内“潴水为塘，广百余亩，植柳百万本，亭榭花草之盛冠于北垂”，再由韩琦命名众春园。之后就是近五百年的荒废史，直到明神宗时才由知州唐祥兴寻获遗址，重新恢复，至康雍乾嘉四帝达到鼎盛，成为帝王驻跸定州的行宫。1847年（清道光二十七年），行宫罢置，并易名古众春园，1905年（清光绪三十一年）园中设立学校，1947年再度因战火而荒废，1952年11月毛泽东来此视察，1967年园址改建为部队医院。

那块被东坡居士反复咏叹的雪浪石，也和这众春园遭际相近：两宋交替时，杜绾撰《云林石谱》，其中对它的介绍是“中山府土中出石，色灰黑，燥而无声，混然成质，其纹多白脉，笼络如披麻旋绕委曲之势”。随后便湮没近五百年，到1587年（明万历十五年）才被那位唐知州发现，引得路经定州的袁宏道作诗《中山观长公雪浪石》："峨嵋积雪裹玄云，坐令灵璧羞季昆。"1702年（清康熙四十一年），这块石头又被知州韩逢庥迁移到众春园中——如今，它就端坐在那破落的亭内，黑石白脉，中涵水纹，静静地卧于一座雕琢成莲花形状的石盆之上。

亭外不过一两米之遥，又有一片略呈三角形状的巨

河北定州古众春园里的前后雪浪石

大太湖石端坐在另一个石莲盆中。这片石头据说是1766年(清乾隆三十一年),由赵州刺史李文耀在临城县"掘土剔苔"而得,"沃之以水,而石之上宛露雪浪二篆题",进而由直隶总督方观成上奏,请求"移置苑圃"。对此乾隆的答复是"否否,东坡之石,宜置于东坡之雪浪斋",并将之题名为"后雪浪石"。

就这样,一场本是李逵与李鬼孰真孰假的争论,被转化为从纹饰或形貌分别比附雪浪的故事。乾隆自己对此的解释是,因为东坡乃"风流太守,一时遣兴摛辞,即瓦砾可为珠宝,而必争是非真伪于此时,是不大可笑哉"。于是一前一后,两块面貌迥异的雪浪石并置在众春园中。

在那个寒露后二日的清晨,你仔细观看亭外的"后雪浪石",它真是一个巨大的幻影——衰敝陵夷之际的人们,在江南标榜出所谓瑞云、冠云、皱云、玉玲珑这四大名石,而江北的代表莫过于此。据说从它们各自硕大而同样扭曲的形体中,可以读出"瘦、皱、漏、透"四种不同的美学风格来,但当你把逐一走访后的印象拼接起来,耳畔回响的却是靖康之耻前有关花石纲的传说,所谓的"瘦、皱、漏、透”也无非是“推拒，惶恐，退缩，逃避”的代名词。

倒是那块与周遭环境有些格格不入的“前雪浪石”，黑底白脉，颇耐人寻味：它朴实而有力度，犹如猛虎的躯干，岁月洗尽铅华，陈化出黑色的皮毛与白色的条纹；它的纹路又可以解释为边关将士们血战沙场后留下的疤痕；倘若烽烟再起，勇士们站立城头时，它还可充作御敌的滚木礌石；它甚至会建议你去读《宋史》列传第九十七，告诉你整顿定州坏弛军政的也是那个苏轼，风流之外且“众皆畏伏”。

难怪他们的想象力都大胆而不孱弱：

> 威武步伐之轻柔的行走，
> 在转着最小的圆圈，
> 有如围绕一个圆心的力之舞，
> 其中僵立着一个巨大的意愿。

据说它让苏子着了迷，为它先后赋诗两首，第二首的尾联是“洛阳泉石今谁主？莫学痴人李与牛”。先来说说其中一位痴人牛僧孺吧，按《旧唐书》的说法，他把嘉木怪石，置之阶廷，馆宇清华，竹木幽邃，常与诗人白居易吟咏其间，无复进取之怀。也巧，843 年(唐武宗会昌三年)五月丁丑，年逾古稀的香山居士写下一篇《太湖石记》，落实了史书的记载：

> 公之僚吏，多镇守江湖，知公之心，惟石是好，乃钩深致远，献瑰纳奇，四五年间，累累而至。公于此物，独不廉让，东第南墅，列而置之，富哉石乎。

从“置之阶廷”到“列而置之”，要紧的都是一个“置”字——只一个字便道破了中古置石阶廷与近世叠石掇山这一园林流变的大分别。只是今日赤县神州的所谓古典园林，尽皆叠石为山的样态，多是以曲、欹、疏为美的朝代遗存，化用病梅馆主人的说法，真真是旁条养成、稚枝夭折、生气奄奄了。

还好仲尼有言：“礼失而求诸野。”在这个去圣久远、道术缺废的时代里，我且与你欣赏域外一处置石阶廷的秘园。

这秘园隶属于一座叫作“龙安寺”的临济宗禅寺，在寺庙林立的日本京都，本不引人注目。之所以暴得大名，据说是因为1975年英国女王到访，对方丈(主殿)前的石庭盛赞不已——在如今通用英语、号称“平”了的世界，伊丽莎白二世住过的肯尼亚树顶旅馆、参观过的韩国河回古村落，都成为后来者趋之若鹜的景点。同理，这石庭不仅是枯山水的典范，更成为日本美的象征。

不过，却没人告诉你“枯山水”最初写作“唐山水”。至于宋元之际禅宗流布东瀛这段史实，也被遣唐使的叙述所遮蔽。文化学者能够津津乐道于茶艺的源流，美术史家们大可尽情探讨水墨画的传播，却难以说清像兰溪道隆这样的高僧大德，在他们渡海的船上还携带了什么奇妙的种子。

播下一粒种，便要发芽结果，1499年，是明朝弘治中兴第十二个年头，也就是日本后土御门天皇明应八年，龙安寺里、方丈阶廷结出了一颗神秘的果子：一个东西长约

25 米、南北进深 10 米的长方形空地，表面铺满白沙，十五块大小不一、黝黯古拙的石头分作五列，置于白沙之上——虽然扶桑不出太湖石，但东瀛学者石田一良还是考证说，其中“最重要一块庭石，是原来立于金阁庭园水池中央的那块藤户石，另一块是保存在银阁庭园内的义政时代的名石”。

不知是刻意为之还是年深日久的缘故，石旁大多萌出或鹅黄或嫩绿的苔藓来；僧人们又用耙子把白沙梳成东西纵向的痕迹，继而在石头与苔藓周围理出同心圆状的纹样。

现在一年到头周而复始，这方石庭日日白昼都开放给游人参观，任尔等肤色有别，穿着各异，只要脱了鞋子，都可以坐在廊下，或听雨，或看风，或裹着暖暖的日头发呆。我则好奇和尚们都去了哪里。离开了石庭，他们怎样参禅悟道。我更想知道自己和石庭相对，究竟能悟出些什么。

秋分已过，但正午前的太阳照得正足，面朝石庭，开始还庄严肃穆，渐渐就露出疲怠相，懒懒地堆坐在殿前略有些发烫的木阶上，和白沙玄石对视久了，不经意抬头，想是清晨的那场微雨把这片天细细拭过，深邃的蓝色却又温润得如羊脂玉一般，有几朵任意形状的白云点缀其上……恍惚迷离中，真不知云天与石庭，谁是谁的倒影。

再回望一样晒得懵懂如婴儿的你——这个刹那的你让我愿意相信，是午前的阳光把浩渺的蓝天化作眼前这一小方白色的沙地，点缀其上的玄石不过是白云落下的倒影，空气中总有被风吹起的微小颗粒，也一并被放大投射成我们这些坐在木阶之上看风景的人。

不妨再瞧瞧其他微小的颗粒们都悟出了什么门道：作家加藤周一是傍晚去的，他“只是呆呆地凝视着眼前静寂的庭园。西沉的夕阳正把山石的阴影投向白沙覆盖的地面上。凝神眺望之际，白沙仿佛成了一片碧海，五堆山石都像似曾相识的海岛……”；画家东山魁夷一样“凝视着此园，每块山石的形态和配置都震撼着我，就像抽象的音乐的旋律一样。……从这种精心的配置里产生出了紧凑、严肃、静谧和空寂的美”。

离开这石庭 271 天后，我无意间翻阅长期旅居日本的美国人唐纳德·里奇(Donald Richie)的日记,1958 年三宝院重建时的某一天,他陪建筑大师菲利普·约翰逊(Philip Johnson)来到龙安寺石庭,约翰逊“唯一一次超过两分钟保持沉默,还是那天在那个不像人间的龙安寺。整整五分钟他不发一言。那是天堂”。

离开这石庭的第 270 天,我突然记起《五灯会元》里吉州青原惟信禅师上堂时说的话:“老僧三十年前未参禅时,见山是山,见水是水。及至后来,亲见知识,有个入处。见山不是山,见水不是水。而今得个休歇处,依前见山只是山,见水只是水。”这是当头棒喝,我愿把自己所得的感悟与你分享:

入大云山龙安寺,左手边有心字形小湖“镜容池”,湖面满布荷叶,湖畔尽是团团翠色,经三笑桥、石佛等,至主殿院落的入口敕使门,赤足入内才得见石庭真容,任你发呆、凝视还是保持沉默,两秒钟、五分钟抑或一整个白天,总有穿回鞋子离开的时候,出了敕使门,你的身形势必隐入葱茏绿意中,你也一定会在镜容池边留下足迹——院内,一方石庭,山不是山,水不是水,由尔等想象,肆意纵横如野马驰奔，是深海平原，是空无一物，是天堂，甚至是地狱；院外，管汝参不参禅、休不休歇，山就是山，水就是水，枝繁叶茂，生机无穷。

如此离开龙安寺这石庭后：

> 时不时无声地掀起
>
> 一下眼帘——。于是一幅图景映
>
> 进来，
>
> 映过了肢体的紧张的静止——却在心中消失了。

可笑我们都是痴人，五百年来死守着一地白沙、十五玄石，硬说从中看出了食肉动物的倒影，竟全然忘却一千二百年前南泉普愿挥刀斩猫时的无奈，更没有了赵州从谂头顶草鞋飘然而出的果决，于是只能学舌“草履拿来费力多”，却不知那低头一笑得来的不易。其实痴人自古不绝，与南泉斩猫、赵州戴履大抵同时的，除了牛僧孺，还有和他一辈子针尖对麦芒的李德裕——牛说东，李偏说西；

李要打狗，牛就赶鸡——仅有的共识怕就是对石头的迷恋了。《旧唐书》中说李德裕在东都洛阳的伊阙以南“置平泉别墅，清流翠筱，树石奇幽”，出将入相后“三十年不复重游，而题寄歌诗，皆铭之于石”。这是晚唐关于石头和园林的重要记载，若再向前追溯半个世纪，在中唐之初的大历年间（766—779），还有一段模仿伯牙子期的交谊：

> 汧公任南海日，于罗浮山得片石，汧公子兵部员外郎约，又于润州海门山得双峰石，并为好事所宝，悉见传授。

这段话见于张彦远撰写的《历代名画记》，说的是汧国公李勉把自己和儿子李约搜集来的石头，赠给彦远曾祖、魏国公张延赏的故事。我猜那张延赏定是把罗浮、海门两块石头都置于东都洛阳思顺里自家庭院的深处。综合两唐书的说法，这张家宅邸之盛、亭馆之丽，甲于都城，子孙五代无所加工增葺。可惜君子之泽五世而斩，张家、牛家、李家的花园，我们都是无缘得见了。

唏嘘之间，绝对出乎你的意料，就在洛阳城百余里外，居然还有一处秘密花园遗世残存，它之所以躲过了安史之乱，是因为在开元盛世时便已不复其盛。

公元700年五月初，服用了胡超研制"三年而成，所费巨万"的长生药，七十六岁的武则天"疾小瘳"；五月五日，"上以所疾康复，大赦天下"，年号也由圣历改元为久视；十几天后，这位刚刚"停金轮等尊号"的古稀女皇，便在嵩山三阳宫的石淙宴饮群臣，太子李显、相王李旦、梁王武三思、内史臣狄仁杰以及内宠张易之、张昌宗兄弟等人尽皆出席——"且驻欢筵赏仁智，雕鞍薄晚杂尘飞"，看得出大病初愈的女皇兴致很高，于是至少在当年七月，在这"万仞高岩藏日色，千寻幽涧浴云衣"的地方又宴饮了一次，证据之一便是分别刻在石淙北崖、南崖的《夏日游石淙诗并序》与《秋日宴石淙序》。

至于第二个证据则有赖于那位据说"捧张易之溺器"，名教有亏的诗人宋之问。他留下了一首《三阳宫侍宴应制得幽字》：离宫秘苑胜瀛洲，别有仙人洞壑幽。岩边树色含风冷，石上泉声带雨秋……

只可惜岩边树冷、石上泉哀，这三阳宫存世不过区区数年。704 年（长安四年）春正月丁未，即将走到生命尽头的女皇下令“毁三阳宫，以其材作兴泰宫于万安山”。如此一来，那石淙安在否？对于这样一个问题，在离宫被毁整整一千三百零五年后，通过爬梳史料和实地探访，我用一个疑问句作为回应：石淙还能安在吗？

1623 年（明天启三年）二月二十日，徐霞客游历石淙，在《游嵩山日记》中，他的记录是：“嵩山东谷之流，将下入于颍。一路陂陀屈曲，水皆行地中，至此忽逢怒石。石立崇冈山峡间，有当关扼险之势，水沁入胁下，从此水石融和，绮变万端。”

1796 年（清嘉庆元年）九月，金石学家黄小松携拓工二人到访，在《嵩洛访碑图册》“石淙”一开对页中，他的注释是：“石淙在城西四十里……深潭澄碧，溪水环流，诚嵩麓奇观也。”

我把自己对石淙的直观印象告诉你：在嵩山以南一马平川的原野上，突然有这样一个裂隙横亘在面前。我猜测这是因为昨天刚好是二月二——“龙抬头”的日子，所以大山潜行于地下的余脉游走到这里时，忍不住要向上舒展一下身体，于是地表的黄土被撕开，它那苍老虬结的筋骨现在暴露在我的面前。按着向导指点的方向，我下到这巨大的裂隙之中，手足并用间，时时触碰着石质的青筋灰骨。

这些石头是何等的身姿伟岸！寄情山水的徐霞客兴奋地说：它们为鹄立，为雁行，为饮兕，为卧虎，低则屿，高则台，空其中而为窟为洞，水行其中，石峙于上，为态为色，为肤为骨，备极妍丽。痴迷金石的黄小松一边赶紧招呼随行的拓工于深渊架木，求拓一纸，一边注意到：北崖有数孔，疑昔年架屋之迹，武后避暑构造工妙，今唯山空水深，奇峰满壑而已，石壁多近人题刻，路滑难登，不能扪视。我则拙劣地模仿山猫、猿猴的姿势，在石隙间攀爬，试图贴近了去看过往一千三百年间的种种题刻，却突然发现差点把自己置于进退失据的尴尬中。

最终的知难而退反倒把我对石淙的奇美记忆深深刻在了心底，对于徐霞客“不意黄茅白苇中，顿令人一洗尘目”的结论,也更心有戚戚。

至于黄小松,他就多少带着一点遗憾了,从他图册自注最后一句中你可以读出来:“问碑楼寺,魏豫州刺刘碑造象,尚隔数里,日晚不及访也。”——那是一通刻立于公元557年(北齐天保八年),高近四米的巨碑。

较之于二百多年前的黄小松,我的幸运是可以包一辆车,在两三个小时内先后走访巨碑与石淙;我的惊惧是刘碑村的凋敝,那些断垣残壁近似于硝烟未尽的战场;我的惆怅是中原已经大旱整整一冬,穿行石淙间的水看上去很浅,却因为浑浊而见不到底;我的愤怒是就在石淙裂隙的对岸,一头更加巨大的人工怪兽正喷云吐雾,那是一座水泥厂吗?!它把流经石淙的水染成臭豆腐的色泽与味道,它本身就是一个现实的梦魇,从视觉和嗅觉上打碎任何有关秘密花园的传说。

这是一个以打假老虎为荣的时代,三十岁的我嗅不出曙光的气味,嗅不出麋鹿的好闻的气味,净让黄小松和徐霞客看我的笑话了,不是吗?1775年(清乾隆四十年),三十二岁的黄小松去河北灵寿县,访拓另一通刻立于北齐天保八年的《高叡碑》时，他心惊胆战，事后犹有余悸：“地僻多虎患，不可复拓”；1623 年（明天启三年）二月二十三日，三十七岁的徐霞客从嵩岳少室山的绝顶南寨“东北转，下土山，忽见虎迹大如升，草莽中行五六里，得茅庵”。

虽然他俩一个并没有真和老虎相遇，另一个只看见老虎的脚印，虽然你我可以嘲笑他俩生活的朝代，并下一句决绝的判语——心灵的家园从“壶中”“瓶隐”一路迷你到“残粒”“芥子纳须弥”，文人士大夫的精神萎缩成蜗牛、尺蠖之类的软体生命——但与哥斯拉被迫同行的我或你，其实都失去了嘲笑他人的资格，只能感佩徐与黄。

毕竟他们选择孤独，释读着一头有脊椎的食肉动物的条纹；

因为他们还有胆量，想去触摸光泽皮毛下颤动的骨架：

我想着一只老虎。这里的阴暗
使庞大繁忙的图书馆显得高敞，

把书架都推到了一边。

强壮,天真,崭新,浴着血。

回到黄土之下,石淙之中,回到久视元年的六月。也许就是在这里,女皇下了一道命令:“改控鹤监为奉宸府,以原控鹤监张易之为奉宸令。”也许就是在这里,身披羽衣的张昌宗,吹箫或吹笙,乘坐在一只用木头雕造的仙鹤之上,翩翩起舞——这是“魄力究竟雄大”的汉唐的另一面——当然终生正襟危坐,“惴惴如在薄冰上,发抖尚且来不及”的人们会说:什么雄唐盛汉,分明是脏唐臭汉。不要争论,我再讲一个故事:嘉庆元年冬天,黄小松的《嵩洛访碑图册》寄到京师,书斋里的学问家们在十二月十九日,打着纪念苏轼多少周年诞辰的幌子,集会欣赏:

秋盦此图寄来京师,恰值连日大雪。十二月十九日作坡公生日之集,诸君于苏斋共几赏此。数年以来,此日同集,所未有之快也。廿日晨起寒甚,方纲呵冻书。

每每读此，我都不禁感慨这秘密花园的变化之大：从真山真水到置之阶廷，终于没落成“假作真时真亦假”了。

似乎公元700年的石淙成了一个终点，我很怀疑自己能否再寻访到更为古老的秘密花园，而止步于初唐的后果是，对于汉人的闳放，我只能存于遥想之中。

还记得那幅《女史箴图》上“冯媛当熊”的一幕吗？两千多年前，“柔仁好儒”的汉元帝，虽然“春秋未满四十，发齿堕落”，但仍能去离宫秘苑的虎圈观看斗兽。谁承想竟有熊冲出圈来，眨眼的工夫就要攀槛上殿，“冯倢伃直前当熊而立，左右格杀熊”。可惜图上唯有黑熊与执戟的妇人，不见园林的模样。

有意思的是，在山水树石和人物的比例关系上，与园林演变形成鲜明对比的恰恰是绘画，遍观诸多书画名迹的张彦远就说，魏晋以降画山水，则群峰之势，若钿饰犀栉，或水不容泛，或人大于山，率皆附以树石，映带其他，列植之状，则若伸臂布指。学问家们又要谆谆告诫了:这反映了吾国山水画从幼稚走向成熟。我也曾经迷信于这些教科书上的结论,却忘记一千一百多年前张彦远自己的解释:古人之意,专在显其所长,而不守于俗变也。

还记得读《史记》中飞将军李广的传奇吗?“广出猎,见草中石,以为虎而射之,中石没镞。视之石也。因复更射之,终不能复入石矣。……及居右北平射虎,虎腾伤广,广亦竟射杀之。”岂知灞陵夜猎,犹是故时将军。

在罗布林卡的时钟停摆前一刻,我和那片金色幕布上巨大、变形的兽影一起不停移动,突然他停住了脚步,他沉闷的呼吸声戛然而止,他仿佛正从那些黑色、倾斜、凝固的栏杆里溢出……

离开那条幽暗狭长的通道后,不知过了多久,双目才渐渐适应了高原灼热的阳光。我发现自己坐在宝贝园里一处活佛宫殿的屋顶,坐在十来个藏族妇女的身边。原来宫殿破败了,需要维修,她们是负责给屋顶打“阿嘎”的。又不知休息了多久,她们重新拿起夯具,招呼着站成两三排的样子,霍地,领头的妇人唱响节奏分明的古歌,夯具们便齐整、有力地砸向我身下的屋顶。

本文初刊于《品位·经典》2011 年第 4 期

## 窗外风景

> 只有马可·波罗的报告能让忽必烈汗穿越注定要坍塌的城墙和塔楼，依稀看到那幸免于白蚁蛀食的精雕细刻的窗格。

这是卡尔维诺在《看不见的城市》第一章开篇所下的结论，果真确切吗？1215 年夏秋之际，忽必烈降生在漠北草原，1260 年即大汗位，1271 年建汉制国号“元”……其后岁月无穷尽的摧拉，把漠北的哈拉和林、金莲川里闪电河畔的元上都、三头六臂哪吒造型的汗八里，还有昙花一现的中都城统统化为废墟。重重城墙坍塌了，林立的塔楼成为扁平的黑色幻影，虽然冬寒酷烈令北方不生白蚁，可比无数白蚁更贪得无厌的是无数个刹那。还好有那么几扇窗，是连忽必烈汗都不曾注意到的，它们躲过光阴的巨颚，那些褪色的棂格啊，掩饰不住的精细。

且让我推开一扇窗，为你报告海印寺的秘密。

七月清晨，两千万人的北京活脱一个巨大的桑拿房，暑热难当，匆匆脱身，只一个多小时的航程，便来到韩国大邱。阳光同样毒辣，却不挟潮气，再换乘长途大巴，把这座拥有两百多万居民的城市急匆匆甩在身后，七十多公里路程后转入伽倻山，车子开始和欢腾的山泉不时击掌相庆。从终点站下车，午后斜阳瀑布般倾洒到头顶密匝匝的树冠，点点滴滴从身上滑落到湿润的路面，任意流淌的斑驳金色，远比翻腾不歇的溪流来得柔和许多。在隐匿于山腹密林溪畔的小镇安顿好住处，便去看风景。

路上那些刚刚还四散的金色隐约暗淡了几分，清澈爽利的空气略带一丝凉意，让我浑然忘却清晨的烦躁。循路标与石中潺潺清流作别，转入另一条向上的山路，树越发高，林子愈加致密，远方何处钟声传来，未见海印寺却先想起以“深山藏古寺”作画题的典故来，巧的是此刻果真有僧人迎面而来，可惜未担荷汲水的木桶。再上行数百步，便见描画繁复的一柱门——这是朝鲜半岛寺院惯常的入口，也是红尘俗世与梵域净土的分界线——可不是嘛，海印寺是韩国最早列入世界遗产的项目之一，那座见证荣誉的硕大石碑就安放于正对一柱门的山路另侧，似乎世间再壮观的功名也只是和这座古刹擦肩而过。

入一柱门，沿笔直的石板路拾级而上，身形两侧是如卫兵般整齐挺拔的古树，出奇高，用“参天”形容毫不为过。穿四天王门，身体融入一个格局宏阔、空间显豁的山中巨刹，心向着渐近的钟声而去——那根横空悬卧不知多久的方木被僧人一次次摆动成迎合青铜质地的弧线，金木相击制造出的低沉声响愈发急促起来，不知从哪次撞击后开始，有更频密的木鱼声自主殿大寂光殿传出，两种声音在山谷回荡，应和松上飒飒细雨。三五僧人从不同方向从容走来，向主殿汇集，雨似乎打不湿他们身着的海青，任钟声、木鱼声催得紧，一个个不疾不徐在大寂光殿檐下脱去僧鞋，再入殿内做晚课。钟声趋无，耳际又起不知所云的诵经声，与木鱼声相萦绕。更高一级台地被一人多高、素朴的土墙圈起，紧贴着大殿后檐。土墙正中两扇木门扣合，背后是一个天大的奇迹。木门旁的提示牌告知晚六点结束参观，迟到的我只能贴墙逡巡，瞻望墙内前后两栋超长的木构殿堂：修多罗藏、法宝殿，不沾染一星半点丹青，尽显原木本色，据说是王氏高丽末期（14世纪后半叶）的经典建筑。

——这自然是包括忽必烈在内的大汗们看不见的风景，他们承前启后弯弓射大雕时，这些营造殿堂的木头还在某个不知名的山头承受斜阳、聆听山溪奔流呢。

——可你知道吗，就在这两栋殿堂内贮藏着威慑蒙古大汗的宝贝——高丽八万大藏经之再雕版。

和保存于中国国家图书馆的“赵城金藏”一样，高丽藏也是第一部刻本汉文大藏经北宋开宝藏的复刻本。且说李氏朝鲜前的半岛政权名曰王氏高丽，公元1011年为抵抗契丹入侵，高丽显宗发愿刻造大藏经以镇护国家安宁。据《韩国禅教史》记载，这部高丽藏初雕版于1232年“为蒙古兵所毁，板木皆归乌有”。为此高丽高宗一朝君臣立誓再刻大藏经,以求佛祖庇佑,让蒙古铁骑"敛纵远遁,无复蹈我封疆",于是从 1236 年(高宗二十三年)至 1251 年(高宗三十八年),举一国之力遍伐山樱、山梨等树,制成经版 81258 块(另说 81340 块;每块长 68 厘米或 78 厘米,宽 24 厘米,厚 2.8 厘米,重 3.4 公斤)——按韩国学者充满想象力的计算,把全部经版摞起来有两三千

韩国海印寺:简单的木架有序且紧凑地在原生的土地上铺陈开来

米高，平铺起来60公里长，总重280吨，体积450立方米——这就是“高丽八万大藏经之再雕版”。

时间是白蚁，在大汗们“为征服的疆域宽广辽阔而得意自豪”时，那些行将坍塌的城墙和塔楼之间，有无数精雕细刻、窗格式样的物事：开宝藏、金藏、初雕高丽藏以及辽藏、崇宁藏、毗卢藏、圆觉藏、资福藏、碛砂藏、普宁藏、再刻毗卢藏、元官版大藏……算下来约莫一百万块汉字经版！竟统统被光阴的巨颚蛀食得一干二净！只有八万多块再雕高丽藏经版逃过了1592年壬辰倭乱、1910年日韩合并、1950年朝鲜战争，那52382960个汉字继续安然无恙地与白蚁竞争生命的短长。

又是清晨，三五百人的伽倻山小镇街头人影依稀，树冠下不见金色，唯有空气青玉似的温润。我重走昨日黄昏路，行至大寂光殿后檐仰视，见木门洞开。如今回想置身修多罗藏、法宝殿时的情景，在“禁止摄影”的前提下，自己缘何逗留一个多小时？两栋殿堂皆是面阔十五开间的超长体量（这超出了中国存世古建的规制，要知道北京故宫太和殿的面阔也不过十一开间），八万多块大藏经版已静静安卧其中六百多年。以前读韩国学者连篇累牍的分析文章,探讨两栋经版殿的设计如何科学精巧——在这方面今不胜古似乎成了通例,中日韩三国都有把古物移出古建,结果适得其反的故事。待到身临其境,令我动心的则是素朴之美:那些不加雕饰的青色基石,那些榫卯简单穿插不设斗拱的大木构;诗人们咏叹的大理石、学者们称许的澄泥砖在殿堂内不砌不筑,简单的木架有序且紧凑地在原生的土地上铺陈开来;层层码放的经版上反刻的汉字与画像乍看充溢稚趣——或许正因为没有精雕细刻的缘故,反叫白蚁们倒了胃口。这些为了威慑蒙古大汗及其勇士们而成就的经版,连同殿堂与围墙,和最初的英雄、我将引的诗一样朴拙:

残寇虚张菜色军　我皇专倚玉毫尊
若教梵唱如龙吼　宁有胡儿不鹿奔
藏海微言融乳酪　丛林深旨辨风幡
法筵未罢狼烟散　万户安眠亦佛恩

此诗题目为《大藏经道场音赞诗》，作者李奎报（1169—1241）号白云山人，嗜酒好琴喜作诗，也是高丽藏再雕版工程的主要参与人。我读这诗只觉好笑，须知东亚佞佛的君王多有胡人血统。又据说再雕八万高丽藏耗费了一百三十万个工作日，可用来抗拒蒙古入侵（1231年至1273年，蒙古先后对高丽发动了九次战争）的效果却不彰：1251年完工，当年初夏悬置三年的汗位被蒙哥来坐，转过年来他就派也古为征东元帅，发动对高丽的第六次战争。每每想到连天的烽火，大汗便激动不已，诚如卡尔维诺在1972年出版的《看不见的城市》里所描述的：

> 会有一阵眩晕，使眼前绘在地球平面图上的山脉与河流，在黄褐色的曲线上震颤不已。

当高丽王朝砍伐山樱，雕凿佛经刻版时，风靡北中国的是道教全真派。在武侠小说《神雕侠侣》第二十五回“内忧外患”中，金庸颠倒黑白，杜撰了蒙古使者到终南山下全真派西祖庭重阳万寿宫宣旨册封掌门的故事，突逢大难之际，“一名短小精悍的道人”有勇有谋，借查氏生花妙笔跃然纸上。那道人历史上确有，名唤宋德方（1183—1247）。不惑之年时曾随师丘处机西游中亚雪山，觐见成吉思汗；知天命之际用三年功夫（1234—1236）在山西太原开凿龙山石窟（此处石窟留存至今，为全国重点文物保护单位）；几乎与高丽王朝重雕大藏经版同时，1237年起宋德方在金元时代北中国刻书中心平阳府平水（今山西临汾）刊刻道藏，他更打算在道藏刊刻完成后，隐居在全真派第三祖吕洞宾的家乡河中府河东县（今山西芮城）永乐镇。宋德方将镇上的吕公祠易名纯阳观，并作七律《纯阳观》二首，其二云：

春深花柳满郊丘　雷泽聊为十日游
三洞藏经功欲就　一身化导意殊休
趁人岳色连天远　逐马河声卷地流
莫说频烦到祠下　他年永乐是菟裘

1245年，蒙古朝廷批准将纯阳观升格为纯阳宫。不知什么原因，行将羽化的宋真人没有隐居于此，但这位热衷于“形象工程”的大师还是请求前任掌教尹志平、现任掌教李志常伸出援手，开始了对全真派东祖庭“永乐纯阳万寿宫”的大规模重建。约莫在1254年，三清、纯阳、重阳三大殿的土木工程基本完工，十年前雕就的道藏全套经版也贮藏于此。可惜全真派和蒙古大汗的蜜月期也正结束——在还未曾倒塌的城墙里，蒙哥、忽必烈先后于1255、1258年主持佛道辩论，以“寂寞忘言”为宗旨的全真道士没能“摧强挫锐”，让少林寺长老和藏传佛教萨迦派领袖八思巴尽显口舌之能，全真派从此一蹶不振。甚至到1280年二月忽必烈还下旨要“焚毁道藏伪妄经文及版”，于是那套道藏雕版在光阴巨颚下化为齑粉，甚至传世的纸质经卷也万不存一。

黄河在晋陕豫三省交界处拐了一个近乎九十度的大弯。2009年初夏，我在这弯里行走多日。某天午后从《西厢记》崔莺莺原型酒家胡谋生的蒲州城出发，前往芮城。那时沿黄河的公路正大修，只得走临近中条山的老路。斜阳弥散开，微热逼我昏昏睡去，突然觉得肚皮像被一把烧红的铁钳狠狠拧了一下，顿时醒来！却见一只黄蜂在T恤上抽搐。这即是我对芮城县的最初印象。转天清晨天气阴沉，带着蜂蜇处的隐痛，来到县城以北的龙泉村，先去看了建于832年（唐大和六年）的广仁王庙（五龙庙）正殿，接下来便是那次河东之行的重头戏永乐宫了。

即使我一次次浏览当时拍下的照片，但老实说三年后的回忆真做不得数。印象里我在这宏伟宫观逗留了大半天光景，其间还有从东瀛来的老翁老妇旅游团，那些青筋暴露、满是老年斑的枯槁之手翻阅着假名写就的导览文字，与一双双昏花眼瞳里飘忽的物象互相印证。他们可曾知道，1294年2月18日，几近耄耋之年的忽必烈在汗八里——大都的皇宫紫檀殿去世，被禁抑多年的全真道终于否极泰来。当年，道士们便开始兴建无极门，停顿多年的三大殿内装修和壁画绘制也陆续开工。如今在永乐宫长达五百米的中轴线上，无极门、三清殿、纯阳殿、重阳殿，四座元代官式大木构依次排列，彼此以高耸的甬道贯通，两侧不设配殿厢房。论气势规模这里诚然不及北京的明清故宫，但忽必烈的煌煌殿堂已随着城墙和塔楼一起倒掉，于是永乐宫成为唯一的依凭，借以想象七百年前蒙元宫廷的模样。

——如此说，永乐宫不过是蒙元大汗的皇宫缩影罢了。

——看来你并不知道永乐宫里最精彩的是什么。

是三大殿里总计近一千平方米的元代壁画，尤以主殿三清殿内的《朝元图》让人叹为观止，甚至让我无法用笔墨来形容。试想一座面阔七间的单檐庑殿顶大殿内，四面墙满绘七彩壁画。不是手卷或挂轴，而是高四米余、全长近百米、总面积超过四百平方米的瑰丽巨制！置身其间，你怎会不感到幸福？

几乎与永乐宫兴建同时，在汉语世界里被誉为“元人冠冕”的艺术大师赵孟頫经历了从呱呱坠地到无疾而终的一生。我愿把二者等量齐观，尽管彼此昭示着对立的意义：赵孟頫彻底开启了其后七百年的文人画传统；《朝元图》终结了其前八百年壁画作为中国画正统的地位。

翻阅赵氏整部《松雪斋集》，与壁画有关的似乎只有两首诗，一首七古《题也先帖木儿开府宅壁画山水歌》，一首七绝《题群仙壁》，这似乎成了赵孟頫与壁画难得的交集。由此我对七百年后今天永乐宫的落寞，不再以为怪事。毕竟当时就已不是“画手看前辈，吴生远擅场”的盛唐——749 年（唐天宝八载）冬天，杜甫到洛阳城北拜谒玄元皇帝庙，诗圣用五言排律赞美画圣的妙绝之作。可恨时间是白蚁，光阴巨颚下没有不朽的宫墙；可叹一阵眩晕后，我止不住感慨，即使面对《朝元图》，纵是“五圣联龙衮，千官列雁行”之类的名句也显得乏味黯淡。

现在我要合拢这扇窗，因为关于永乐纯阳万寿宫的报告行将结束。

1325 年正月，已经继位一年多的元泰定帝也孙铁木儿，下令“造象辇”，他要效仿曾祖父忽必烈，乘坐由四头大象担负的大木轿，轿子里金丝作垫，外包狮子皮；这年六月，洛阳名画家马君祥长男马七待诏等人完成了永乐宫三清殿壁画的绘制……六百六十年后的 9 月 19 日，62 岁的卡尔维诺在锡耶纳的一家医院病逝，不远处的田野广场（Piazza del Campo）于 1349 年扩建，从 1656 年开始，每年7月2日和8月16日,这里都要举行赛马节,病床上的卡尔维诺可曾听到窗外沸腾了的喧嚣?或许当勇士们策马奔腾时,斜卧于象辇上的大汗在他脑海里浮现,十六根巨柱似的象足缓缓前移。白蚁合上巨颚,蛀食这一刹那:

> 会有一种空虚的感觉,在黄昏时分袭来,带着雨后大象的气味,以及火盆里渐冷的檀香木灰烬的味道。

本文初刊于《品位·经典》2012年第5期

# 风与云之间——北游奥克尼群岛印象

2011 年初,收到爱丁堡国际艺术节的采访邀请。行前,苏格兰旅游局的安德鲁又问,除了爱丁堡,还想去哪里? 坦白说,我的第一选择是外赫布里底群岛外的圣基尔达岛,第二选择才是奥克尼群岛。这样的选择建立在对儿时爱好的追忆上:隔着透明的玻璃,俯瞰桌上的世界地图,痴迷于那些边边角角处的陌生名字。上大学时,才读到伊丽莎白 · 毕肖普的名作《地图》,她娓娓道来:我们可以抚摸这些可爱的海湾,在一块玻璃下,似乎指望它们开出花来……正所谓法乎其上,则得其中,安德鲁发来邮件,说安排好了行程,便打开手边的地图册,柯克沃尔、斯特罗姆内斯、圣玛格丽特霍普——"那些海边小镇的名字跑到海面上去了”,奥克尼群岛上绽放出欣喜的花朵。

归来,再度打开地图册,一如行前,地图上的水域比陆地还要平静,却惊讶地发现大不列颠岛上方平添了许多抹不去的印迹,那些绚烂的花儿正怒放在风与云之间,于是:

> 任何明净的东西使我们惊讶得目眩,
> 你的静默的远航和明亮的捕捞。

在这个总人口不到两万人的群岛上,两千居民的海港斯特罗姆内斯(Stromness)成了第二大城镇。如果不是午饭时,导游先生大卫善意地提醒“小镇码头上有一家美术馆,虽然不在旅行计划之中,但不妨快速浏览一下”,恐怕这里留给我的记忆,将只是一个曾经吃过饭的地名而已。

小美术馆名叫 Pier Arts Centre,直译过来就是“码头艺术中心”。顾名思义,就是利用码头上废弃的仓库改建而成。站在小美术馆外,大卫介绍了足有六七分钟,可午后浓烈的阳光晒得我实在困倦，于是听得多少有些心不在焉，只记得码头与仓库的表面都用石条砌筑，虽是二三百年前的古物，却说不上有怎样的美感。直到走进馆内，我才眼前一亮，精神为之一振：乳白色的墙壁，高挑的举架，晶莹剔透的玻璃天花，营造出很是虚无缥缈的空间感，如同水面漂荡的一叶扁舟，置身其上唯有点缀其间的艺术品才能让这样的错觉消失。

而接下来的一幕大大出乎我的意料。不经意侧身，发现窗口摆放着一件小小的雕塑，那稚拙温婉的造型猛地唤醒自己十多年前的记忆：这不是芭芭拉·赫普沃斯的作品吗?! 1998 年，我第一次接触到她的雕塑，在那之后虽记挂于心，却再也无缘与之相遇，仿佛手握一只永不断线的风筝，中间却隔了厚厚的云层，直到此时此地方才云开雾散。俯身查看说明牌，果然印证了自己的判断，是芭芭拉·赫普沃斯创作于 1934 年的 *Large and Small Form*（《大小形》）。要知道芭芭拉·赫普沃斯对西方现代艺术有着深远的影响，虽然公众知名度不及亨利·莫尔、布朗库西，但近年来越来越受到艺术史家们的肯定与重视。谁能想到雕塑大师的名作居然收藏于英国最北部的荒僻群岛，展示在这个不过两千居民的小镇里。

等再迈动脚步，进入下一个展陈空间时，更让我吃惊的场景出现了：从雕塑到绘画，芭芭拉·赫普沃斯的作品一件件纷至沓来，逐一呈现在我的面前。惊愕之后是兴奋，而导游大卫肯定捕捉到了我情绪上的变化，否则细心

小美术馆名叫 Pier Arts Centre，直译过来就是“码头艺术中心”

的他不会请出艺术中心负责人尼尔·菲尔斯。一脸络腮胡的尼尔既腼腆又热情,一边为我们介绍美术馆的历史,一边带我们重新参观每一个展室。原来,这里之所以拥有包括芭芭拉·赫普沃斯在内众多20世纪英国代表性艺术家的作品,要归功于一位叫玛格丽特·加蒂娜(Margaret Gardiner)的女士。

细说起来,出生于1904年的加蒂娜女士一生可谓丰富多彩。父亲是古埃及学家,爱人是共产党员、分子生物学创始人约翰·贝纳尔(John Desmond Bernal)——说"爱人",是因为加蒂娜虽然一直以"贝纳尔夫人"自居,但其实只是和已婚的贝纳尔一直保持着同居关系。而她本人不仅是反战人士、社会活动家,同时也有着敏锐的艺术直觉和好人缘,远在芭芭拉·赫普沃斯、亨利·莫尔、诗人奥登等艺术家名扬四海前,加蒂娜就和他们建立起深厚的友谊。1956年,加蒂娜第一次访问奥克尼群岛,多年后,她做出了两个让朋友们都非常惊讶的决定:第一,把自己精心收藏的96件艺术品(其中包括28件芭芭拉·赫普沃斯的作品)捐赠给奥克尼群岛;第二,不是在自己去世后，而是在生前就捐出这些藏品，这可让加蒂娜没少操心。几经努力，码头艺术中心终于在1979年正式落成开放，成为奥克尼群岛最重要的艺术殿堂。2005年，百岁高龄的加蒂娜在伦敦与世长辞。2007年，经过扩建的码头艺术中心重新开放，整个扩建项目也先后获得苏格兰、英国和欧盟的建筑设计、遗产保护大奖。

加蒂娜的决定让我联想到卡尔维诺在《新千年文学备忘录》“轻盈篇”里提及的故事：砍下美杜莎脑袋的英雄珀修斯用树叶编成垫子，又铺上一层娇嫩的海草，才把美杜莎的头轻轻地放在上面，脸朝下，奇迹随之发生，那些海草瞬间变成了火红色的珊瑚。与此同时：

> 海豚放开了，去捉一闪而过的鱼……
>
> 说得太少，后来又太多。

看，海豹！在哪儿？在那儿！没错，是海豹！

顺着导游大卫手指的方向，从几十米高的艾斯比斯特悬崖上俯瞰下去，看到的其实只是海豹圆圆的脑袋，更确切地讲，不过是风中摇曳的几朵白浪花间忽隐忽现的黑点而已。

裹挟着海豹的风，从那片叫彭特兰湾的深色海面上袭来，把目力可及的云撕扯成飞絮，把断崖表面修葺成片片叠加的书页形状；永不停歇的风，像一只书蠹，终于把这本厚厚大书的边缘啃噬出一个半月似的缺口，黝蓝色的海水涌上来，拍击着岩壁，溅起苍白色的浪。

我们就是这册大书上的三粒沙，站在半月似的缺口边缘，身后是一马平川的草场，那草密实，迎着风长，就是这书的绒缎封面。这里荒凉，荒凉得甚至没有巨人来翻开这册大书。那么又有谁能读懂这书？有一粒和我们同样大小的沙做了自己的努力，他叫罗尼·斯密森（Ronnie Simison），是打理这片草场的农民。斯密森早就注意到在这个半月形缺口的中轴线上，有一个微微凸起的土包，好奇心驱使他在1958年开始挖掘，于是绒缎封面的一个针脚被掀开。斯密森爬进一个幽暗的通道，通道的尽头是一个横向的、一人多高、三人来宽的空间。借着烛光，斯密森发现在这个狭窄空间的两端还有黑漆漆的孔洞，他把手中的蜡烛伸向孔洞,赫然间竟与一排骷髅面对面!

经过多年的发掘,考古学家在这里发现了多达一万六千块人类遗骨,这些骨头是 340 具尸体的遗存。通过对人骨进行各种科学检测,人们发现这座墓葬始建于五千年前,之后延续使用了八百年。更加富有神秘感的是,在这个墓冢里,考古学家还发现了 725 块鸟骨,它们属于至少十四只 white - tailed sea eagle——正是因为这些鸟骨的存在,人们把这里命名为 Tomb of the Eagles,翻译家想当然地将之译为“鹰之墓”,却全然不知 white - tailed sea eagle 的中文学名是白尾海雕,如此而言,译成“海雕之冢”应该更为妥当。

为什么海雕与人埋葬于同一座坟冢?大卫自问自答:有学者提出“天葬说”,道理类似于你们中国藏区的天葬;有专家提出“图腾说”,认为这是一个崇拜海雕的部落。

可更加匪夷所思的事情又出现了:碳 - 14 等方法检测后,证实那些海雕飞翔于四千年前的天空。换言之,骷髅与雕骨虽然同处一室,却有着长达几百年的“代沟”。

我想还是让问题回到原点,为什么海雕与人埋葬于同一座坟冢? 任由那些专家学者继续发挥他们诗人般的想象力吧。

另一个故事你或许不知道。英国是世界上最早兴起观鸟活动的国家,翻阅旅馆中那册厚重的《英国观鸟手册》,你会发现字里行间少不了"某种鸟在十九世纪初的某年某月被某人于某地第一次观测到"的记录,其中自然也包括了如白尾海雕这样的大型猛禽。可惜接下来的一句是"1918 年白尾海雕在英国(包括奥克尼群岛)灭绝",二战后虽然有从异国他乡引种的努力,但得出的基本结论是徒劳无功。

当我们躺在滑板上,双手交替牵引那条幽暗通道上方的绳索时,人尚在;当我们触摸五千年前的石壁时,雕已亡;当我们再度小心翼翼地牵引绳索,先后离开那个横向的、一人多高、三人来宽的墓室后,巨人抚平了那册大书绒缎封面边缘一个微微隆起的针脚。现在的我们,曾经的白尾海雕,幻想中的巨人,三者的目光都投向那片叫彭特兰湾的深色海面。

这样的目光也注视着《新千年文学备忘录》“迅疾篇”里的只言片语：查理曼大帝目不转睛，凝望着康斯坦茨湖，他爱极了那深不可测的地方。还记得：

诗人们青春死去，但韵律护住了他们的躯体；
原型的嗓子唱得走了调；
老演员念不出朋友们的作品，
只大声念着他自己，
天才低哼着，直到礼堂死寂。

柯克沃尔（Kirkwall）是奥克尼群岛的首府，人口八千。你我初来此地时接近周日正午，密布的阴云、微微的细雨与街道的冷清恰好合拍，时隐时现的风渗着寒意，拍打在身上，发凉在心里，让我开始怀疑自己的选择是否正确。和导游碰头是明天的事，如何打发这漫长的白昼？先去长途车站，得知周末基本停运，又前往奥克尼博物馆，在入口处吃了闭门羹，饥肠辘辘却发现寥寥几家饭馆都高挂打烊牌，一连串的碰壁更加重了我的忐忑。

奥克尼博物馆斜对面就是圣玛格纳斯主教堂了。假使把这座教堂放置在伦敦,或者哪怕是爱丁堡那样规模的城市,想必你不会多看上它一眼。但当它矗立在这个小镇,周遭皆是二三层楼的建筑,便显出自身的高大挺拔了。而我也是后来行走在镇外的旷野,才充分意识到它的卓尔不群,宛若凡·高笔下的《星夜》,吸引繁星点点在身旁旋转的正是信仰的黑洞。正午时分,三三两两的人群陆续从主教堂走出,柯克沃尔的市中心突然热闹起来,呼应的是风驱散了荫翳的云层,清澈的阳光投射在砖红色的教堂外墙上,形成一种暖洋洋的氛围。

我们走进教堂,才知道上午市面为何那么冷清,因为这正是"礼拜日"的真谛。教堂里有意思的不是那些哥特式建筑惯用的肋拱,也不是镶嵌彩色圣像的玻璃窗,而是两厢各式各样的鲜花布景——原来我们赶上了奥克尼群岛一年一度的花艺展览。以我的眼光,实在看不出诸如"泰坦尼克""玛丽阿姨"等花艺作品的巧思来,却仍被参展者朴实的热情所感染。注目鲜花背后的山墙,上面尽是当地名人的墓碑,于是观赏的过程又成为一种奇异的经历,因为鲜花与石碑相映成趣。

整个礼拜日的下午和晚上,我们的活动范围都以这座圣玛格纳斯主教堂为中心。

在主教堂以北的一片空地,每年一次的群岛演唱会开始举行,十二支地方流行乐队轮番登场,展示歌喉的同时,为医院募集善款,又是阵阵的风鼓荡他们的歌声,传到深夜,远至镇外的旷野。

在主教堂以南,伯爵宫殿和主教宫殿比邻而居,可叹人去楼空,都成了废墟。登上主教宫殿的塔楼顶层,对面的教堂像一条横卧着的鳄鱼,1137 年孵化的它,近千年来逐次维修的痕迹都呈现在你我的面前。那些数量已经微不足道的灰白色条石是它最初的鳞片,而红得深浅不一的石块则是历次修缮的劳绩。

晚上,我们去主教堂东边的社区活动中心参加 ceilidh dance(凯利舞)。在爱丁堡,跳 ceilidh 舞的场所大多以吸引游客为目的;在这里,跳 ceilidh 的基本上是大爷大妈。借着简单的曲调,那些高矮胖瘦不均或臃肿或纤弱的身形,一个个都焕发出蓬勃的生机,形成变化无穷的排列组合，引得你我参与其中，一支接一支地跳下去，三支舞过后，已是满头大汗。终场时，刚和你牵手共舞的阿婆又发出了邀请：明晚去二十里开外的小镇斯特罗姆内斯吧，让我们继续跳 ceilidh！

与这些热情可爱的老人话别后，你我推开社区活动中心的大门，走在主教堂和伯爵宫殿、主教宫殿之间的人行道上，一辆辆小轿车首尾衔接，紧靠着路边，抬头观望钟楼之上紫蓝色的天幕，可以分辨其间装饰有大丽花般乌黑的云朵……

对那一刻听觉的追忆，可以和《新千年文学备忘录》“精准篇”里，卡尔维诺谈论过的一首抒情诗遥相呼应：

> 这一行必须终结。

周一的早晨和导游大卫第一次见面。他身形高大，穿着正装——苏格兰格子裙，虽然已经过了知天命的年纪，却依旧一脸严肃的神情，这让我有些拘谨。可你不愧有做记者的天分，一坐上车便和大卫攀谈起来。有一搭没一搭地听着你俩的对话,我才发现大卫真是一个稀有的英国八卦男。他说:我不是当地人,当年来奥克尼只是短暂工作,业余时间参加话剧表演,结果爱上了同台表演的一个本地姑娘。结婚生子的故事虽然老套,但我从侧面看到了幸福感洋溢在大卫的右颊上,“我太太家人丁兴旺,算得上是奥克尼的大家族了”,这话时不时地挂在他的嘴边。爱屋及乌的结果是他对奥克尼群岛的历史、风光了如指掌,成为一名出色的导游。

在车上看着大卫给的地图,车子就行驶在地图中奥克尼群岛的主岛之上;地图上的主岛是一片阴影朦胧的绿色,车窗外则是一方方微微起伏的草地。记得女诗人伊丽莎白·毕肖普说:“地图上的水域比大陆还要平静,把海浪自己的构造借给了陆地。”可我手中的这片暗绿分明被浅蓝侵蚀进一个不规则的形状,好像一片被蛀过的落叶。车子在蛀洞的边缘停住,下车后抬头望去,因为云遮住了阳光,眼前是同样的暗绿,在目力所及的暗绿之外,是微茫的浅蓝。

大卫说,除了脚下这条双车并行的柏油路,眼前的地貌起伏都和五千年前别无二致。我愿意相信他的话。五千年前,古人们修饰了这片地貌,在微微的起伏中添了一抹鲜明的弧线,虽是人力的堆砌营造,却宛若天成,没有一点夸饰的成分。这便是赫赫有名的梅森豪石室(Maes Howe)了。苏格兰人会自豪地说,埃及有金字塔,我们有梅森豪。比起一千年以后在红海岸边地平线上突兀而起的锥体,这个将近七米高、直径三十五米的坟墓,就像是洪荒大地发出的一声轻叹;矗立四千年的金字塔表面是巨石层叠,隆起五千年的梅森豪表面只有泥土与荒草。

大卫很贴心地询问我们是否患有幽闭恐惧症,在得到否定的答复后,才让我们加入探墓的游客队伍。跟着一位健硕的年轻女孩,这一队今人迎着风在凄凄荒草中蛇行,数分钟后驻足于梅森豪的近前。

大家现在看到的是整个西欧最宏伟的史前墓葬,它已经有五千年的历史了……现在回想起来,这个女孩在讲解时,透着略显夸张的面部表情,她虽算不得美丽,却自有一种可爱的神态。我要坦率地承认,身在梅森豪的近前,却没有此前浏览图片时的兴奋。因为凝视那些航拍照片的瞬间，你我都端坐在那个隐形巨人的睫毛上，巨人低下头，梅森豪连同周围那圈壕沟便一并收入我们的视野，可笑你我没有巨人的平常心，于是免不了大惊小怪。

好，我们现在进入墓室参观，请大家弯腰低头，小心不要碰伤。这却是巨人无法体验的兴奋了。十几个今人蹑手蹑脚，在半人多高的通道中穿行；不知有多少位五千年前的古人，不知他们用了怎样的工具，把那些以吨计重的巨石层层垒放，中间留下这样一条方正的通道；我们走了多长时间，五千年还是三十秒？

十几个今人终于在中心墓室里挺直了腰身，就像八百多年前的维京人一样挺直了腰身。今人聚拢在墓室中心，侧耳倾听女孩的讲解；维京人站在墓室的边缘，用刀剑在石壁上写写画画。锐利的金属刻下一个男人纤细的抱怨："这个风骚娘儿们怎么会处处留情！"

别忘了，这是集海盗与勇士于一身的维京人的抱怨。你还记得在《新千年文学备忘录》"鲜明篇"一开头，卡尔维诺引用的诗句吗？穿透阴鸷的云，但丁写到愤怒如雨点般从天上砸落到幻想中：

> 然而我的心高扬，我知道我欢快地过了一生，
> 把一张上了焦油的渔网织了又拆。

空气中弥漫着大麦发酵的味道，在奥克尼群岛首府柯克沃尔的南郊，坐落着地球最北端的威士忌酿酒厂 Highland Park——高原骑士酿酒厂。归来后曾看过一部纪录片《葡萄酒世界》(*Mondovino*)，导演乔纳森·诺西特(Jonathan Nossiter)使用手持 DV(数字摄像机)，试图通过摇摆不定的影像去探讨全球化冲撞世界各葡萄酒产区的后果。我不知道威士忌的世界是否也有着类似的问题，因为我不擅饮酒。

不擅饮酒的我着迷的是酿酒的过程，还有厂区内错落有致、黑灰颜色但洁净的建筑。据说这里原本只有一座建于公元 1790 年的教堂，却成为当时奥克尼最有名的威士忌走私基地——为了避人耳目，教会负责人把从苏格兰走私来的烈酒藏在布道坛下。由走私到酿造，从教

堂到酒厂，一如既往的大麦芽酿造，酿造了一段小小的传奇。

导游大卫带我们从燃料看起，那些泥炭放在手中，超乎预料的轻，贴近鼻尖，隐约能嗅出旷野的味道，只有用它们烘干大麦芽，才能成就苏格兰威士忌独有的味道。我还记得自己曾在翻晒车间，从地面掬起一捧大麦粒，可惜身旁站的不是安徒生，否则他会拈出一粒种子，告诉我拇指姑娘就孕育其中。磨碎、发酵、蒸馏……在我和大卫之间是滔滔不绝的空气振动，我只能徒劳地张望着他的嘴巴，指望从中认出一两个不那么陌生的英文词语。

最终，大麦粒变成晶莹的液体，躲藏在那些陈年的橡木桶里；橡木桶们则静静地躺在阴凉的屋内沉沉睡去，宛若安卧在叶背花下的一枚枚蝶蛹，等上十二年、十八年、二十五年，甚至四十年、五十年，才破茧而出。陈年的液体荡漾在透明的玻璃杯中，羸弱的蝶翼沾满晨露；品酒的人们纷纷摇晃手中的高脚杯，仿佛微风拂去冰冷的露滴，只有兼具作家、鳞翅目学家双重身份的纳博科夫洞若观火：新生的蝴蝶正猛烈地拍击双翅，闪耀着和酒徒喉中威士忌一样炽热的金属光芒。

2010 年 10 月面市的一款“高原骑士 50 年”陈酿，只限量生产了 275 瓶，瓶子用纯银装饰，手工打磨，由 Mae-Vona 珠宝公司创意总监 Maeve Gillies 设计。每瓶标价一万零五百英镑的 Highland Park 50 Year Old Whiskey（高原骑士 50 年苏格兰威士忌）不知是什么味道，反正我不擅饮酒，只好奇买得起这瓶酒的人里有没有买椟还珠的郑人。

到了和大卫说再见的时候了，离开奥克尼群岛的前一晚我们住在南罗德赛岛上的圣玛格丽特霍普（St Margaret's Hope）。车子抵达这个位于海湾深处的码头小村时，你我都有惆怅涌上心头，行李从车上卸下，站在名为 Creel 的旅馆门前，与大卫话别……望着远去的车，回想和他擦肩而过的两天。你我不过是两粒沙，被风从北京吹到了爱丁堡，又乘着云北移到这片群岛，即将又要由风云裹挟回到初始的位置，而那一粒叫大卫的沙也许要在这里终老。地图上不过一掌的距离，现实中却隔着十万八千里的山山水水。

按照《孤星·英国》的介绍,Creel“是苏格兰最高级的海鲜饭店,不是想去就一定有位子,因此必须提前预订”,“手剥扇贝也许一直是所有菜单上最吸引人的,味道自始至终都很棒”。你又发挥记者的天赋,采访了 Creel 的老板夫妇。老板原本是旧金山的英国文化教育机构厨师,1985 年和妻子来到奥克尼群岛,扎根在这个极小的渔村圣玛格丽特霍普,却修炼成全英顶级餐馆。每天下午 5 点钟,渔人会送来刚刚打捞出水的新鲜扇贝,稍事打理,便成就了那道最出名的美味。

可我们只坐在二楼卧室的窗前,亲眼看到了一片比陆地还要宁静的海,直到繁星点点挂在海面上那叶小舟的舷头。虽然《孤星·英国》提到 Creel 的营业时间是每年四月到十月中旬,只提供晚餐,但它忘了告诉读者每逢周一、周二 Creel 的餐厅打烊,而我们入住的那晚正巧是周二。

你我注定和这里的手剥扇贝无缘,只能想象老板把一张上了焦油的渔网织了又拆,正如卡尔维诺在《新千年文学备忘录》“繁复篇”中所说,小说家卡洛·埃米利奥·

加达(Carlo Emilio Gadda)终其一生都试图把世界描绘成一张纠缠的网:

> 等鱼吃完了,网就会挂在墙上,
> 像块字迹模糊的铜牌,钉在无未来的未来之上。

罗伯特·洛厄尔这首《渔网》经由王佐良先生之手,挂在汉语的墙上;我一句句征引后,请你回答一个问题:这面铜牌究竟能錾下多少个字?你老老实实地回答说:这要取决于事先规划了多少网格,反正不能像某个维京人那样,钻到梅森豪墓室里洋洋洒洒大笔写大字,等信马由缰刻写到末了,才发现逼近墙角,于是字越刻越小,最后竟蜷缩为明信片般大小的格局,变成八百多年后我们面前那女孩讲解的笑料。

我手中的这支笔,只记下有关奥克尼群岛五则浮浅的印象,其实在这面铜牌的背面还有许多速写:梅森豪附近规模可观的史前巨石阵,海岸边五千年前人们生活的聚落 Skara Brae(斯卡拉布雷),一战时沉没到海湾的战舰浮现出甲板上的斑斑锈迹，二战时被俘的意大利士兵们用一双双巧手建造的小教堂……

那些绚烂的花儿永远怒放在风与云之间的奥克尼群岛，即使我合上这册地图；现在你点燃灶火，去炖鲜腥的三文鱼；等我们吃完了鱼，那网真的就会挂在无未来的未来墙上。

本文初刊于《品位·经典》2011年第5期

# 忘　言

## 凝固沧海　桑田变形

> 我心里想要说的是形相如何变成新物体的事。天神啊，这些变化原是你们所促成的，所以请你们启发我去说，让我把这支歌儿绵绵不断从开天辟地一直唱到今天。

这段话出自《变形记》。据说在公元之初的罗马，某位诗人用六步格诗体写下这部万余行的神话史诗，可惜我抄录的中文句子已无诗的韵致，不过这并不妨碍我们循着经诗纬句，回溯生命的源头。

话说五亿三千万年前，在当时负责值守地球的太阳神阿波罗和小爱神丘比特的眼里，唯有海水一遍一遍拍击着岩壁，单调枯燥，即使时不时闪电刺破天穹，看多了也难免心生厌倦。除浪花、闪电外，数目浩瀚可形体微乎其微的细菌、蓝藻打破不了地球表面的乏闷，你能想象得出，死气沉沉完全和那两位天神的脾气秉性不合，于是百无聊赖中他俩少不了彼此打趣，权作排遣难耐的寂寞。可相互间你一言我一语，玩笑话不断升级，听来越发刻薄，于是便有赌了气的唇枪舌剑来接续闪电的余光，开始搅拌那浓稠的海水。不知不觉间，细菌、蓝藻开始起了变化，对天神来说，两百万年的吵架拌嘴不过是倏忽一瞬，可对地球上的生命而言却不啻是地覆天翻的遽变——五亿三千万年后，地质学家、古生物学家们在更古老的地层中一直找不到动物化石的现象，却在我勾勒的神仙拌嘴的那两百万年里有了惊人的发现：在那段唾沫星四溅的地层中，保存着门类众多的无脊椎动物化石，这被称为“寒武纪生命大爆发”（Cambrian Explosion），而太阳神与小爱神冷嘲热讽的主辩场就位于如今中国云南的澄江县帽天山。

2010 年春天，我和家人从抚仙湖南端的江川县出发，贴着湖岸一路北行。据说抚仙湖蓄积了中国全部蓄水量的10%,抵近了看那真是一片浩渺的海,起伏的浪潮诱人遐思:有人说波涛掩盖了两千年前古滇国的都城,有人说一百五十多米深的湖底潜藏着水怪。可这些都提不起我的兴趣,因为我要寻找的是生命的源头、水怪的远祖,要知道那时候连抚仙湖都还没有呢。午饭后到了澄江县城,小城临着湖北岸,一栋高楼突兀地霸占着上风上水的吉位——这里可算是省会昆明的远郊,在这个如今与海绝缘的省份,抚仙湖借闲情逸致者的眼光而化作不咸不涩的海。假作真时真亦假,如同阿波罗最终甩出那句嘲弄丘比特的狠话来:"你手中玩具似的弓箭,不过是银样镴枪头罢了。"

包租的车从那栋高楼旁驶过,开往县城以东的山中。所谓的山绝不高耸,无非是些发育过分的丘陵而已,因为出磷矿,山体大多破了相,用墨绿的人工松林掩饰伤痕。一条新铺的柏油路在山头间穿过,感觉这距离县城六七公里远的路走了好久,暖融融的日光催我入梦,下一秒司机的嘟哝和眼前的景象却让我霍地从靠背上弹起:前面就是帽天山了;那不过是一个略微高大些的山头,远远望去确实有些像一顶草帽。或许丘比特就用类似的一顶草帽来遮掩自己的双臂,悄无声息地拔出一枚锋利金箭偷偷射向阿波罗的心脏。可以确定的是在1984年的7月1日,炎炎烈日下,一个头戴草帽的汉子用石锤在这小山上敲出了一枚纳罗虫(Naraoia)化石,那是一只曾在五亿三千万年前的海底爬行的节肢动物,那汉子叫侯先光,当时35岁,只是中科院南京地质古生物研究所的助研。就是他掀开了"寒武纪生命大爆发"的神秘面纱;就是它成全了我关于天神们的想象。

车子孤零零停在帽天山脚,我们顺着人行步道开始攀登这座螺壳似的小山。现在回忆,那是伴随时光穿梭的经历:2012年7月1日,以帽天山为核心区的"澄江化石地"(Chengjiang Fossil Site)列入世界遗产名录;2004年2月,"澄江动物群与寒武纪大爆发"获得2003年度国家自然科学奖一等奖;2001年4月,帽天山被公布为第一批国家地质公园;2000年8月,为了方便在帽天山的野外考察,侯先光选择离开南京到云南大学工作……这么多光荣传奇被刻写成石碑、路牌，安放在步道的每一个迂回处。

行至半山腰，步道突然开阔起来，路旁是一道低矮的断崖，崖上种植着成排的马尾松，崖前尽是碎石。如果没有围栏，没有“澄江动物群化石发现点”的中英文说明牌，又有谁能够相信这里就是全球最重要的一处古生物化石遗存，相信这里见证了从昆虫、鱼虾、青蛙、蜥蜴到飞禽走兽、万物灵长的共同远祖？既然已经开辟成国家地质公园，就不能只用说明牌、断崖石屑来打发乘兴而来的游客，继续前行，临近山头还有一座小小的陈列馆。我们打扰了门卫的清梦，他一边急匆匆地整理因午睡而略显凌乱的仪表，一边推开展厅大门，合上电闸，霍然间，我们步入一个光怪陆离的所在，海蓝色成为充溢展厅空间的主色调，一只足有两米长的“奇虾”复原模型从天顶垂下，乍看上去颇有些科幻卡通范儿。长着一双带柄巨眼的它还拥有一对分节的巨型前肢，研究推测这能确保它快速捕捉到猎物；花瓣状的尾扇与两条飘逸的尾叉，一张直径超过三十厘米的大嘴巴，以及环形排列的利齿，所有这些细节无一不在暗示奇虾那肆意遨游大洋的霸王身份。五亿三千万年后，奇虾“复活”，变形为任天堂经典游戏《口袋妖怪》中的“太古羽虫”（Anorith）。

从复原模型到在卡通世界里复活，依据的就是展柜里那些土黄色的石板，板面上千变万化的灰褐色印迹都是些软体动物，没有脊椎，没有骨骼，这些柔软的身躯竟然没有彻底腐烂，幻化为一本本有着五亿三千万年历史的书，成为阿波罗和丘比特争吵的文字记录。或许是那条“优美灰姑娘虫”吧，她告诉我之后的情节：当阿波罗撂下那句重话后，丘比特差点气爆了肺，他又从箭袋里拔出一支钝头的铅箭，狠狠射向一个名叫黛芙妮的美丽仙女。于是一场旷日持久的追逐开始：被金箭射中的阿波罗不再忠于职守，不再嘲讽丘比特的银样镴枪头，他不可救药地爱上黛芙妮，而在身负铅箭的黛芙妮眼中，他是疯子，和一只饥肠辘辘的奇虾没什么两样……

追逐，持续了整整一亿年，从地质史上的寒武纪追逐到奥陶纪。黛芙妮在滩头停住脚步，涨潮的海水浸没她的小腿，那些曾经与她嬉戏的“优美灰姑娘虫”早已没了踪影，取而代之的是刚刚由脊索动物进化而成的鱼，它们

或迅捷或缓慢地从她脚踝边滑过。阿波罗急不可待地上前搭讪,黛芙妮冷冷回应,俩人开始一亿年你追我逃以来的第一段对话:

我要有你的怀抱的形状,
我往往溶化于水的线条。
你真像镜子一样地爱我呢,
你我都远了乃有了鱼化石。

1936 年,天神的对话被生活在汉园的某位诗人用诗歌的方式记录了下来,并冠以《鱼化石(一条鱼或一个女子说:)》的晦涩题目。在写于那年六月四日的"鱼化石后记"中还有如下的记载:鱼成化石的时候,鱼非原来的鱼,石也非原来的石了。这也是"生生之谓易"。

这对话无法持续,黛芙妮显然等不及大潮消退,便潜水而去,而阿波罗也只得继续追逐。人们不禁发出如下的感慨:天神的体力真好!因为又是两亿五千万年的奔波,我们望尘莫及。突然,一直跟踪伺机窥探热闹的丘比特兴奋地拍起手来:太好了！你俩居然跑到了侏罗纪公园。

在好莱坞导演斯皮尔伯格的镜头里,侏罗纪公园虽然杀机四伏,但血腥气终究只在脸谱式的坏人身上弥漫。可让丘比特拍手称快的侏罗纪公园地处中国四川的自贡市大山铺。后来我翻开总参测绘局编制的《中华人民共和国地图集》,在1比2160万的地图上,用尺子测量从云南澄江到四川自贡的直线距离,约莫一厘米长。你能想象这就是爱恋与憎恶的距离吗?

爱恋与憎恶的距离也许要放大千万倍。走进大山铺的自贡恐龙博物馆,第一个展厅在气势上就先声夺人,那些体量庞大的立体恐龙骨架迅速把你拉回两亿八千万年前的爱憎竞技场。全长二十米的天府峨眉龙昂首挺立,任你拉来个头最高的长颈鹿,也只能依偎在它的胸前;展厅里和长颈鹿等高的恐龙有一个怪诞的名字——建设气龙,别小瞧这种恐龙,它不会温柔地依偎,反倒凶猛得可以吃掉硕大无朋的天府峨眉龙。

我难以想象黛芙妮在这样的恐龙王国里怎样继续她的逃遁:闪躲阿波罗的追逐时,还要提防那些建设气龙的血盆大口。如果用高大宽敞来描述自贡恐龙博物馆里的化石装架展厅,那么接下来将要步入的化石埋藏展厅,给人的视觉冲击只能用震撼来形容:在一块面积接近四百平方米的化石埋藏现场,重重叠叠堆积着十七只恐龙个体的遗骸。到底发生了什么,让这些庞然大物集体毙命?

也许是黛芙妮一头钻进了恐龙群中,用那些如柱般

四川自贡大山铺

林立且移动的四肢来掩藏自己娇小的身影，已经追逐得渐失耐性的阿波罗再也忍不住，发了狂的天神用炽热阳光烧灼着这些肉山，这些冷血的巨型爬行动物怎能承受如此炙烤，它们的血液由沸腾而气化，它们皮肤连带着肌肉和脂肪化作飞灰，只留下静止的枯骨，伴着轰然一声巨响而坍塌。在泛起的尘烟中，被逼得再也走投无路的黛芙妮只无奈地说："我从来没有见过你。"——这在后来成为某位女诗人的题目，借她的笔，黛芙妮和阿波罗开始新一轮对话：

…………

我知道有一刹那

一种奇异的存在在我身边

我们的聚会是无声的缄默

然而山也不够巍峨

海也不够盈溢

难道这就是所谓海枯石烂的真相吗？1622 年到

1625年,某位以锤凿作笔的诗人在罗马用真人大小的大理石还原了那对话终结时的瞬间:阿波罗再也忍不住,就在他伸出左手触摸到黛芙妮的一刹那,黛芙妮飘动的长发和两只向上伸出的手臂开始变成树叶,而她被阿波罗碰到的身体左侧正在被树皮包裹起来。可怜的女神啊,你的左脚也变成树根扎入土中,你的目光中只有恐慌乃至绝望,你的嘴巴大张,是气喘吁吁还是虔诚地祈祷?

如今这尊雕塑成为罗马博尔盖塞美术馆(Borghese Gallery)的镇馆之宝,你想要见证那个时刻吗?那就请你必须预约好参观日期和具体时间,必须提前半个小时候场买票,必须遵守安检、存包的规定,必须在参观两个小时后听从清场的指令。

如果接受所有这些特立独行的约束,你会发现一切都是值得的。你将见证的不仅是眼前的杰作,更有脑海中的风景:在侏罗纪,黛芙妮化作一株红豆杉,阿波罗对此无能为力,只得围着红豆杉打转,直到三十万年前开始的冰川期,他才猛然发现自己依恋的已经“进化”为一棵散发着苦涩清香的月桂树。

这一切满足了丘比特那儿童恶作剧式的心理，可小爱神并不是始于五亿三千万年前的那场争吵的最终赢家。从生命爆发到恐龙兴盛，心满意足的丘比特终于玩得累了，收束了翅膀趴在一丛羊齿植物上昏昏睡去。某日清晨，他从一串不安的梦中醒来——1912 年 12 月 7 日，天神的梦被生活在布拉格的某人写入另一部《变形记》的开头：

> 变成了一只巨大的甲虫。他仰卧着，那坚硬得像铁甲一般的背贴着床，他稍稍抬了抬头，便看见自己那穹顶似的棕色肚子分成了好多块弧形的硬片，被子几乎盖不住肚子尖，都快滑下来了。比起偌大的身躯来，他那许多只腿真是细得可怜，都在他眼前无可奈何地舞动着。

本文初刊于《品位·经典》2012 年第 4 期

# 虚实有无间　青蛙断续鸣

雨过园林暑气偏 繁星多上晚来天
渐沉远翠峰峰淡 初长繁阴树树圆
萤火一星沿岸草 蛙声十里出山泉
新诗未必能谐俗 解事人稀莫浪传

盛夏卧读清人查慎行《次实君溪边步月韵》，暑气能消几分？所谓诗中画、画中诗，大抵是触景生情的产物。庞大喧嚣的都市，日暮之际华灯已然绚烂，哪能看见繁星点点，更与青蛙、萤火虫绝缘。起身遥望渐渐湮没的一脉西山，脑海中浮现出一片虚幻的风景来。

儿时集邮,相关的很多事情都已忘却。比如1980年中国人民邮政发行的《齐白石作品选》特种邮票,一套洋洋洒洒十六枚,我有没有收集齐全,忘了。没忘的,是我肯定拥有其中一枚面值8分的“蛙声十里出山泉”,由此还记起若干篇文章前赴后继书写同一个故事:1951年,作家老舍以此为题请白石老人作画,画面上两山耸峙间一溪奔流,不见蛙影,唯有几只活泼的小蝌蚪正在湍急的水流中欢快地游动……人们一次次赞美年近九旬的画家仍有奇思妙想,于是这张山水辅以花鸟的水墨画不仅成了齐白石的代表作,似乎也成了国宝。

只是要想一睹国宝真容,难矣!想来也有意思,即使是那些远在异国他乡的风景,只要你下定了决心,在这个争分夺秒的时代里,少则几个钟头,多了八九天,就都能够抵达;可这一轴大写意,与我同城,光是擦肩而过,就用了将近三十年的光景。

先引一条新闻:老舍、胡絜青珍藏字画捐赠仪式暨展览于2013年4月24日在中国现代文学馆举行。据说老舍夫人胡絜青在世时,曾选了包括《蛙声》在内的十二张名作暂存于文学馆库房。现在舒家子女秉承父母遗志将其捐献给中国作家协会,由中国现代文学馆永久保存。理由是这批画作曾经的主人不仅是一位文学大家,画作主题也大多和诗歌有关。

捐赠仪式后的展览只持续十五天时间,如此难得,自然要赶到中国现代文学馆C座的二层展厅,为的不只是一饱眼福,也是圆一个儿时的梦。既是免费的展览,存包存水、严禁影像之类的要求便不显得苛刻。待步入展厅,却不免当即唏嘘,因为这等展陈条件未免太寒酸鄙陋了些:简易的玻璃展柜,折射惨白的墙,那些玻璃上凝结的哈气与贼亮的白炽灯光搅和在一起,泛着一种说不清的荒诞感——毕竟玻璃那侧悬挂的可都是一些载入美术史的殿堂级作品啊。

情绪乱了,可我心里打定的主意不能变:把傅抱石、黄宾虹、林风眠的力作,和白石老人的其余七幅精品暂且统统放过,直奔主题最好。于是抓紧时间调整呼吸、视线,把刚才溜号冒出的荒诞感抛于脑后,眼前心里都只剩下这一轴《蛙声十里出山泉》。

墨分五彩点染成溪谷，最深处两抹青色挥就远山。六十多年前，一位老人颤巍巍地拾起画笔，似乎信手涂涂抹抹间就搭造好这个幽邃深远的舞台。溪谷中那一笔笔遒劲爽利的墨线组合在一起，换了别的场合说是万条垂下绿丝绦也无不可，可在这里就只能幻化为跳跃的清溪，于是六只蝌蚪两两结组，仿佛是五线谱上闪动的音符，荡漾出一曲欢快的山歌。山歌有清泉十里叮咚与蛙声来和，宛若琴曲《流水》在我耳畔泛起。目光转投向画旁的说明，才知最近北京画院披露了老舍当年写给齐白石的求画信：

> 敬恳老人赐绘二尺小幅四事，情调冷隽。……蛙声十里出山泉，查初白句，蝌斗四五，随水摇曳；无蛙而蛙声可想矣。……附奉人民券三十万，老人幸勿斥寒酸也！老舍拜。

信中称查慎行为“查初白”，盖因查氏晚年居初白庵，后人因此称之。此外，老舍后人舒乙曾为这封求画信撰文，谈到“原来的流行说法是齐白石老人接到老舍先生送来的诗句后，冥思苦想了三天三夜，最后超水平地画出了两张杰作，从而上了一个新台阶。现在对这种说法要进行一点修正了：……老舍出题目，出构图方案，定基调；齐白石实施，进行美术创作”。又言及白石老人实际为老舍作画两幅，不过将“蛙声”及另一张画的尺寸由二尺改为四尺，画酬总数不变。旧币三十万折算过来区区三十元，当然 1951 年的物价和今朝不可同日而语，至于寒酸与否，还是留给专研精微考据之学的高人琢磨吧。

再细细观赏这轴名迹，竟觉得是不是有些问题？崭新的画面仿佛不老的容颜，露不出岁月磨蚀的痕迹。这毫无迟暮之态的美人，令我忍不住掏出微距望远镜琢磨不休，越看越注意极细微的落墨晕染处，有难以言说的滞涩。也许是这展馆白刺刺的贼光故弄玄虚，也许是我眼花。在安慰自己后，又不知流连多久时光，才出了展厅。

收拾背包时无意瞥见展厅入口旁的墙上贴有一张不及 A4 纸大小的告示，好奇心驱使我凑上前去看那小得不起眼的几行说明文字，方才恍然大悟。原来限于展馆条件，舒家后人捐赠的字画都只在仪式当天展出，之后一律换为高仿，用来酬答普通观众。如此说，我还是和《蛙声》真迹无缘。

这真是一片虚幻的风景，深邃的溪谷，因山泉奔流和莫须有的蛙声，而愈发静谧；这是一片搭建于宣纸之上的迷你风景，我虽与之同处一城，但相遇的难度远胜于天涯海角。盈尺间，摇曳的蝌蚪们比起微笑的蒙娜丽莎、沉默的兵马俑来，显得更加神秘，如此形容后，那画面最深处两抹青山里又该是怎样迷人的风景？

青山里肯定正在演奏青蛙谱写的音乐，不见得全是入夜后此起彼伏、绵绵不绝的求偶鸣唱，或许是白昼里另一种颇具现代派特征的声响。大抵与查慎行（1650—1727）写下“蛙声十里出山泉”同时，日本俳圣松尾芭蕉（1644—1694）就将这声响记录了下来：

古池や
蛙飛びこむ
水の音

据说这是芭蕉平生最得意的俳句，甚至在东京的清澄庭园里还专门立有诗碑以示纪念。日语按“五七五”格式吟出的十七音，落实到纸面直译过来，无非“古池 蛙跃入 水之音”而已，汉语念起来诗味尽丧，仿佛嚼蜡。于是林林总总的日译汉，都要或多或少添油加醋：那古池要么幽静而“沉沉碧水深”，要么寂静得“不闻鸟雀喧”，那青蛙入水，或“划破静中天”，或“激荡是清音”。相形略见洗练的，还是“古池冷落一片寂，忽闻青蛙跳水声”。

也许远山幽翠里，真有青蛙入水？

当然，你能否听到那“扑通”的一声，就要随缘了。

描摹我听过的“扑通”一声，可得好好学习俳句翻译家们的本领，或传承马三立的单口相声《祖传秘方》，不厌其烦地打开一张又一张包袱皮儿后，才是那解痒的“挠挠”。

我听的这声“扑通”，不在松尾芭蕉行走过的“奥州小道”，而在韩国千年古都庆州的远郊。

出庆州市区往西北行，经过已列入世界遗产名录的传统村落良洞村，来到安康邑。此地有一条南北向溪谷，名曰玉山。入谷口，弃车上行，左有清溪欢流，右有绿枫相伴，清风拂面，霎时暑热尽消。抬头仰望，密匝匝的枝叶把如洗的蓝天白云搅拌成斑驳的碎块，又像是一张铺天的大网，将午后金灿灿的阳光统统收束起来，于是那脾气暴烈的骄阳傲气不再，刚刚还刺我面目的火辣金光立刻被驯服得柔顺了许多，瞬间暗淡下来。

进至山腰，方见掩映于溪右的一组灰瓦红墙，这便是用来纪念儒学家李彦迪(1491—1553)的玉山书院。李彦迪生活的时代适逢尊崇儒学的李氏朝鲜王朝，当时陪祀朝鲜孔庙的十八位本国学者被统称为“东国十八贤”，李彦迪就名列其中。在他去世二十年后，也就是公元1573年，庆州府尹李齐闵和安康一带的儒生为了纪念这位大儒，修建了玉山书院。

似乎是为了和门外溪岩形成和谐的景观，玉山书院一反传统建筑坐南朝北的惯例，采取了坐东朝西的格局，建筑体量小巧，布局也显得十分紧凑。可能是因为紫玉山、道德山、华盖山、舞鹤山环绕书院，景色秀丽无边，所以入口处的二层楼阁便取名“无边楼”。试问当年那些坐在楼上的书生,是看风景多些还是读书多些?

自楼下穿过,步入院内,迎面便是书院的中心建筑求仁堂,堂上高悬着“玉山书院”横匾,浑厚的笔迹据说出自李朝著名学者、书画家金正喜之手。堂下空空荡荡,偶有燕子穿梭,把我的思绪编织成一幅书生往复切磋问学的缂丝。

无边楼上的书生八成还是看书多些。求仁堂两侧都没有窗户,据说是为了让他们专注书本上的学问。别看这座书院规模小巧玲珑,可藏书量却高居韩国所有书院之首。要知道玉山书院创建之时正值大明万历皇帝登基,不到二十年后便有倭寇登陆朝鲜半岛,制造了旷日持久的万历朝鲜战争,而爆发于 1950 年的另一场朝鲜战争同样惨烈血腥。尽管饱经战火蹂躏,但也许是位置偏僻的缘故,玉山书院的 866 种 4111 册藏书还是完好地保存了下来,这当中包括了王氏高丽王朝中期学者金富轼(1075—1151)撰写的《三国史记》全帙本,以及由李彦迪执笔的几部重要著作。

藏书完好无损，书院修葺一新，我却再也听不到琅琅的读书声。无边楼上寂寞无边，求仁堂内空无一人，置身于这了无生趣的院落，我能听到院外温热的风的穿林打叶声、蹦蹦跳跳的溪水奔流声、知了的嘶吼、清冽的蛙鸣……不求甚解的我再从低矮的无边楼下穿过，步出院门，融入无边的风景中。

书院外的山泉会很锋利吗？否则承载它的石壁怎么

庆州玉山书院的中心建筑求仁堂

会被它刀劈斧削般斩得错落跌宕。远处，有三五少年临泉歇息，或躺或卧，窃窃私语；身旁，石壁上凿刻了楷书“洗心台”三字，我正寻找落款时，猛听得“扑通”一声，循声望去，一只小小的林蛙正在池内独坐。绿荫下养精神的它，在下一刻就全然没有了虎踞之态，因为有驻韩美军的战机从头顶掠过，阵阵轰鸣不仅撕裂了我那些“林逾静，山更幽”的浪漫想象，更逼得蛙儿绝不敢开口作声。

我不知这玉山溪谷有几里长，但晓得沿着山泉石壁逆行，有李彦迪辞官后居住七年之久的独乐堂，有造型奇特的净惠寺十三层石塔，也许再往深处去，走到明月别枝惊鹊的半夜时分，才会听到蛙儿们争先恐后的议论纷纷。

落荒而逃的鸟唤醒我，同时宣告西山已埋进黝黯的天际。蝉咏与蛙歌相和，萤火虫们起舞缤纷……原来所有这些动静，都和这座摊得漫无边际的都城不相干。恍恍惚惚过后，我方才惊觉是人造的点点繁星把自己围困。无可奈何之余，坐听各种机器嘶叫，脑海里则浮现出另一片如画的风景，不是松尾芭蕉记录青蛙跳入池塘的刹那

声响,不是查慎行描绘十里山泉无休止的蛙声,这回是老舍先生创作的旧体诗《蜀村小景》:

蕉叶清新卷月明 田边苔井晚波生
村姑汲水自来去 坐听青蛙断续鸣

本文初刊于《品位·经典》2013 年第 4 期

# 从圣吉米亚诺出发

意大利的托斯卡纳大区,有“翡冷翠”佛罗伦萨,有比萨斜塔,有因一年两度策马奔腾而出彩的锡耶纳,伫立在这些名胜旁的小镇圣吉米亚诺,多少有些落寞。因此回国两周后,突然在微信上看到李辉老师贴出小镇照片,便觉得分外亲切。您在微信里写道:“看过电影《与墨索里尼喝下午茶》,一群英国老太太二战期间保护意大利 San Gimignano 教堂的故事,令人感动。前天走进 san 城,美得一句话也说不出!”笔力雄强如李辉老师尚一句话也说不出,我又能写些什么?

想起小镇 1990 年列入世界遗产时获得的评价:“美丽的圣吉米亚诺坐落在托斯卡纳大区,位于佛罗伦萨南部56公里处,是中世纪前往罗马朝圣的重要物资补给地。当时控制这里的贵族家庭,建造了72座高约50米的塔楼,用以显示他们的财富和权力。虽然只有14座留存至今,但圣吉米亚诺仍然保持了中世纪的格调和外貌。”

想起诗人华兹华斯1802年9月3日站在伦敦威斯敏斯特桥上的喟叹:

> 大地再没有比这儿更美的风貌:
> 若有谁,对如此壮丽动人的景物
> 竟无动于衷,那才是灵魂麻木;
> 瞧这座城市,像披上一领新袍,
> 披上了明艳的晨光;环顾周遭:
> 船舶,尖塔,华屋,剧院,教堂,
> 都寂然、坦然,向郊野、向天穹赤露,
> 在烟尘未染的大气里粲然闪耀。
> …………

谷地丘陵间的小镇圣吉米亚诺，自然不及沿着泰晤士河两岸弥散开的伦敦来得壮丽。

我端详的它，披着一领华美的夕阳。由 2.17 公里的城墙环绕着的小镇，如今拥有居民八千。赭黄色的石墙被斜阳染成金色。一条七百米长的主干道自城南的圣乔瓦尼门蜿蜒穿城，两旁密仄的店铺与狭窄的巷道编织出浓郁的乡间生活氛围。小镇中央的广场，大体是三角形

望着眼前一座座三五十米高的塔楼，陷入迷思

状，一口古老的水井孤独地立在广场的心脏部位。秋日暖阳把坐在八角井圈旁的我熏得醉了。望着眼前一座座三五十米高的塔楼，我陷入迷思。

托斯卡纳的天空足够清澈，可惜没能在小镇上住上哪怕一晚，错失了数尽满天星斗的机会。这样的遗憾使我无法验证"危楼高百尺，手可摘星辰"究竟是真实还是夸张。这样的遗憾不知何时才能弥补。

类似的遗憾同样不知何时才能弥补：我还记得上世纪末自己在川西游荡时，阿坝、甘孜两个自治州高山深谷间羌人、藏民的碉楼，虽然没有围聚成圣吉米亚诺这样的市镇，但一个个聚落也自成一片片天地。直波、日斯满巴、沃日、丹巴、乡城……盛夏的热风，把山谷吹成深浅不一的绿。在五色的绿的缝隙间，长出由石板混合黄泥的碉楼。它们或是暗暗的青，或是沉默的黄，一簇簇，傲气十足地扎根在一团团绿中。进入21世纪，杏花怒放时的丹巴碉楼被摄影家捕捉下来，因此成为"中国最美乡村"。这名头更让我有理由期待在某个春天重回川西继续游荡。愈加通畅的道路，全新开放的机场，可一次次花开花落，一次次给自己许诺等到下一个春天。类似的遗憾又将会在哪个春天才能弥补？

圣吉米亚诺、川西之外，第三处高楼林立给我留下深刻印象的地方是纽约曼哈顿。前不久刚刚看了吕克·贝松创作的电影《超体》(*Lucy*)，随着女主人公 Lucy 大脑利用程度不断提升，她开始具有穿越时空的能力。我记得银幕上的她坐在椅子上，瞬间便飘移到曼哈顿的街头，她的眼前是高不见顶的摩天楼群。面无表情的 Lucy 伸出手来，只轻轻一拨，时间便迅速倒流。于是这些伟岸的建筑一座座由落成到建设，由建设到奠基……直至整个曼哈顿回溯为丰茂的草原，直至骑马的印第安武士们霍然出现在 Lucy 的面前。

北美东部的印第安武士驭马扬鞭时，南欧亚平宁半岛上圣吉米亚诺的 72 座塔楼已有若干倾颓，东亚川西的原住民正热火朝天地修整石板、搅拌黄泥，而在西亚最邻近北非的角落里，还有一座“中世纪的曼哈顿”遗世独立。

也许旅行的意义就在于把全新的期许化作前进的步

伐，把前一刻的遗憾装入记忆的背包。当我走得累了，便要坐在路旁打开行囊，释放遗憾用来召唤新的期许。我深知莫说在圣吉米亚诺住上一晚，就连再去一次的可能性也不会太大——毕竟这花花世界有太多诱惑我的东西，但早已有一个全新的期许在我内心深处激荡。这期许就像东非草原上的雷电乌云与暴雨，牵引着数以百万计的牛羚、斑马一样，足以催促我继续上路。这就是那座遗世独立在西亚最邻近北非角落里的"中世纪的曼哈顿"——也门古城希巴姆(Old Walled City of Shibam)。

我无意探求希巴姆和示巴女王有无关系，据维基百科显示，这座古城现在只有七千居民，比圣吉米亚诺还少了足足一千人，却拥有五百栋塔楼。这五百栋塔楼摩肩接踵在一方绿洲，背倚高原断崖，面朝黄沙大漠，它们五到十一层不等，最高的超过三十米。和砖石垒砌的圣吉米亚诺、石板混合黄泥的川西不同，希巴姆塔楼采用的原材料都是泥砖。这倒是有影像为证。BBC(英国广播公司)曾经专门制作过有关希巴姆古城的纪录片，其中就有人们在绿洲池塘和泥晾砖的镜头。据说在历史上希巴姆曾是哈德拉姆王国（Hadhramaut）的首都，拥有超过一千七百年的历史，但现存大部分建筑物都始建于16世纪，并屡经重建。须知大漠不仅有狂风，也有突然袭来的暴雨。定居于希巴姆绿洲上的农人商民用泥砖高楼抵御游牧部落贝都因人的刀剑与铁蹄，却挡不住销魂的雨水。泥砖的精气神在雨过天晴的一刻急速萎靡下来，于是重新制砖、晾晒、修葺高楼，捏塑出当地人五百年来的习惯，也成为BBC捕捉到的重要影像。

在我的书架上，有几本提出“风土建筑”的日本学者的著作，希巴姆是他们钟爱的范例。他们说希巴姆是“世界上最早朝天空发展的城市”“沙漠中的曼哈顿”。但这些都不是催促我继续行走的动力。我的动力在于终将有一天，我会登上希巴姆某座泥砖高楼的顶层，看余晖操弄大漠容颜变幻，仰望头顶灿烂的星河，守候清晨断崖上方第一抹鱼肚白。

我的动力又不止于此。

从川西到圣吉米亚诺，从希巴姆到曼哈顿，东亚、南欧、西亚、北美，深谷、丘陵、绿洲、岛屿，毫无关联的地理区块,判然有别的生态环境,绝少联系的原乡居民,形式各异的生计方式,何以营造出相近的景观?

2014年,王明珂先生当选为台湾“中研院”院士。我还记得2007年2月7日在北京大学中国古代史研究中心参加那场“民族历史学的理论与方法”盛会的情景:

> 近年来,由于人类学、考古学、阿尔泰学等相关学科的介入,传统的民族历史学正在焕发生机。当传统文献的发掘越来越山穷水尽的时候,对新的研究素材和新的研究手段的探求,似乎已经成为学科发展的主要方向。在这一方向先着一鞭并取得卓越成就的王明珂先生,多年来一直是鼓励年轻一辈大胆探索的榜样。恰好近期他的两部旧作《华夏边缘:历史记忆与族群认同》《羌在汉藏之间:一个华夏边缘的历史人类学研究》以及新作《英雄祖先与弟兄民族:根基历史的文本与情境》的大陆版先后面世,给我们提供了一个总结经验教训、展望学科未来的契

机。因此，我们计划广邀相关学科的名家前来燕园，以小型座谈会的形式，以王明珂先生这三部著作为话头，就“民族历史学的理论与方法”这个专题进行深入探讨，交流思想，推进共识，为学科发展注入新的动力。

王院士曾于1994至2003年间，在川西从事羌族田野研究，累计时间约有一年。那些石板混合黄泥的碉楼恰在“华夏边缘”，正处于“羌在汉藏之间”的论述中心。关于曼哈顿的研究，我读过的也有一些。至于圣吉米亚诺、希巴姆，想来在英语、意大利语、阿拉伯语中也会有不少著作。但把这四者并置起来的论述似乎鲜有。

相近的景观何以在迥异的背景下生成？

继续从圣吉米亚诺出发。不经意走进小镇中心广场旁的一个院落。这里居然从13世纪起就是圣吉米亚诺的市政厅。

中世纪时，意大利中部和北部存在着两大政治派别，分别支持教皇和神圣罗马帝国。1266年后，由于教皇势力强盛，教皇派（Guelphs）在佛罗伦萨等地取得胜利，将皇帝派（Ghibellines）放逐。但1294年当选的教皇卜尼法斯八世想彻底控制战略地位至关重要的佛罗伦萨，而一部分富庶的市民则希望城市独立，不愿完全受制于教廷，于是这些人从教皇派中分化出来，号称"白党"，继续效忠教皇的一方则称为"黑党"。黑白两派由此重新展开争斗，毗邻佛罗伦萨的圣吉米亚诺无可避免地卷入其中。血雨腥风里，每个家族都会建造塔楼，这既是金钱与权力的象征，更是战斗的堡垒。

市政厅的小院连通的是现存最高的一座塔楼，约莫54米。我无意登顶，只徘徊于二楼走廊。因为七百多年前，来自佛罗伦萨的诗人但丁就在这里发表过充满激情的演说。但丁的家族原本属于教皇派，不过随着派系分裂，主张独立自主的但丁成为"白党"中坚，并被选入当时佛罗伦萨的最高权力机关执行委员会。1301年教皇卜尼法斯八世调遣 Carlo di Valois 去佛罗伦萨"调节和平"。"白党"怀疑其中有诈，派出以但丁为团长的代表团去说服教皇收回成命，但劳而无功。而 Carlo di Valois 到佛罗伦萨后，马上领导“黑党”屠杀异己，并宣布放逐但丁。

流亡中的但丁开始创作《神曲》，并写信给长期围困佛罗伦萨的神圣罗马帝国皇帝海因里希七世，详细指点需要进攻的地点。“白党”因此也开始痛恨但丁。不过随着1313年海因里希七世突然在锡耶纳去世，“中世纪的最后一位诗人，同时又是新时代的最初一位诗人”再也没能回到家乡。

通过创作，诗人把政敌写入地狱；通过创作，诗人得以不朽。得道的诗人，让平凡的市政厅二楼走廊熠熠生辉。

南欧丘陵、东亚深谷、西亚绿洲、北美岛屿，相似的摩天楼群，讲述着情节各异但梗概雷同的故事。圣吉米亚诺的塔楼是“黑党”“白党”争斗的见证，就像川西碉楼诉说着乾隆平定大小金川的往事、希巴姆的泥砖高楼阻挡了贝都因人的刀锋、曼哈顿的水泥森林隐喻资本的竞争。只是非非是是，黑的真是黑的，白的真是白的，黑白之间当真如此分明吗？

徘徊于圣吉米亚诺市政厅的二楼走廊，我忍不住胡思乱想到四种动物:秦岭和四川的大熊猫、东南亚的马来貘、非洲中部的㺢㹢狓、遍布各大洋的虎鲸。除了都属于哺乳动物外,它们唯一相同的地方就是集黑白分明的皮毛于一身。在竹丛、雨林、浩瀚的大洋深处,在隐匿的肉身之上,所谓的黑与白完美契合。它们静卧、跳跃、攀爬、游弋,声声喘息牵动着黑白交融的身体起起伏伏。

峙立的人啊,却总在指责对方颠倒黑白。峙立的人啊,用非黑即白的口水、泪水、血水,搅拌新鲜的肌肉筋皮,一座座地砌筑危楼高百尺。任后人站在哪一座楼顶,也摘不到星辰。因为在头顶那方由白骨与黑尸布交替幻化的天穹上,闪闪烁烁的,永远是磷光。

相近的景观何以在迥异的背景下生成?

我必须承认用熊猫等四种动物来比附圣吉米亚诺等四处危楼,大体是抒情式的遐想。假使我受过考古、历史、民俗等学科的专业训练,我就应该像王明珂一样深入四地进行严格的田野调查,再使用诸如历史记忆、族群认同、文本与表征分析、历史叙事、历史心性之类的大词来撰写专著。可惜没有接受过专业训练的我，只能猜想这些相近的人文景观，是不是也适用生物学里的“趋同演化”(Convergent evolution)？

所谓“趋同演化”是指不具亲缘关系的动物长期生活在相同或相似的生态系统里，因需要而发展出相同功能的器官的现象。

坐在圣吉米亚诺中心广场的八角井圈旁，回忆川西碉楼，畅想希巴姆、曼哈顿，我能联想到的“趋同演化”是食蚁之兽。无须纠缠于更具体的物种分类，只简单举出哺乳动物里四种食蚁之兽足矣。

中华穿山甲，隶属于真兽下纲－劳亚兽总目－鳞甲目－穿山甲科，李时珍曾反驳陶弘景“鳞片诱蚁”之说，认为它“常吐舌诱蚁食之”；

土豚，隶属于真兽下纲－非洲兽总目－管齿目－土豚科，在撒哈拉沙漠以南的非洲大陆广泛分布，以蚂蚁、白蚁为主要食物；

大食蚁兽，隶属于真兽下纲－异关节总目－披毛目－蠕舌亚目－食蚁兽科，主要分布于南美洲，主食蚂蚁、

白蚁,据说一天最多可以吃掉三万只昆虫;

袋食蚁兽,隶属于后兽下纲－澳洲有袋总目－袋鼬目－袋食蚁兽科,仅分布于大洋洲的澳大利亚西部零星地区,几乎完全以白蚁为食。

分布在四大洲的四种动物,无一例外都使用一条长长的舌头来食蚁,却毫无亲缘关系;营造摩天楼的族群们,也毫无亲缘关系。那么究竟是什么“蚁”促使东亚深谷、南欧丘陵、西亚绿洲、北美岛屿生长起相近的危楼?

是冲突,是竞争,是惯于制造冲突竞争的人。这是基于“趋同演化”的理性推导。若是基于沉湎臆幻的抒情,一切尽皆颠倒。

食蚁之兽们无一例外都拥有强健的前肢、坚利的钩爪,锋芒所及,牢固如水泥般的白蚁冢化为齑粉,然后才是四散奔逃的蚁族被一条柔软、细长、湿滑的舌头席卷。圣吉米亚诺坍塌的58座塔楼不正是那三四人高的白蚁冢吗?川西的碉楼被复制到京师的西山,健锐云梯营日夜操练的结果,成就了“十全老人”的两桩武功。再看希巴姆泥砖高楼的全景照,不禁想起寒山的诗来:

人生在尘蒙　恰似盆中虫

终日行绕绕　不离其盆中

食蚁之兽们锋芒所及的威力，好比某些历史学家的郑重宣告：21世纪的第一天是2001年的9月11日。因为曼哈顿世贸中心双塔的倒掉。

在“9·11”事件三天后拍摄的一张照片里，消防队员站在废墟边缘，成为“人生在尘蒙”的注脚。建筑师山崎实造塔的时候，据说已经把结构设计得足以抵御大型飞机的直接撞击，但还是鲁迅说得彻底：“莫非他造塔的时候，竟没有想到塔是终究要倒的吗？”

在“9·11”事件三周年纪念日，世贸中心双塔遗址上亮起两束光柱，直射夜空。作为沉默的大多数，我们都是尘蒙中的蚁族，无力登天，却操着得道人家鸡犬的心，不敢高声，甚至噤若寒蝉，唯恐惊吓了天上的神仙，殊不知：

神仙不可得 烦恼计无穷

岁月如流水 须臾作老翁

本文初刊于《品位·经典》2014年第6期

## 前世——果然是一只猴子的远行

诗人、小说家博尔赫斯绝对想不到，自己杜撰的一段话，竟孕育了思想家福柯的名著《词与物——人文科学考古学》。这段号称从"中国某部百科全书"中摘引的话是这样说的：

> 动物可以划分为：(1)属皇帝所有，(2)有芬芳的香味，(3)驯顺的，(4)乳猪，(5)鳗螈，(6)传说中的，(7)自由走动的狗，(8)包括在目前分类中的，(9)发疯似的烦躁不安的，(10)数不清的，(11)浑身有十分精致的骆驼毛刷的毛，(12)等等，(13)刚刚打破水罐的，(14)远看像苍蝇的。

福柯后来回忆说，自己一边读着这段话，一边笑个不停。他说这笑声“动摇了我的思想（我们的思想）所有熟悉的东西”。在福柯看来，那个分类不仅令人惊奇，更说明我们自身思想的限度，恰恰就是另一种思想所具有的异乎寻常的魅力所在——因为我们完全不可能那样思考。

带着福柯式的笑声，转回身，开始新一轮行走。

起点还得从二百五十多年前讲起，不知是谁从哪里得了一只异兽。几经辗转，最终它被送到了号称有万方来朝的大清帝国的首都。

这异兽和大清皇帝乾隆打第一回照面的地点已不可考，也许是在紫禁城，也许是在圆明园。它倒不怯场，自顾自地玩耍开来，却苦了那以博学多闻见长的帝王——眼前分明是一只活物，朕竟不知该怎样称呼它——静默久了，便是尴尬……那异兽兀自继续玩耍，那帝王眉头渐渐锁紧，终于他决意打破这令人窒息的沉闷：“列位爱卿，有谁识得这灵兽的名号?”沉闷在延续,满朝文武个个目瞪口呆,竟无一人说得上它的名字。

你们一个个都号称见多识广,谁承想尽是些酒囊饭袋! 退朝!

类似的故事也出现在欧亚草原上游牧人的歌谣中:开篇吟咏的是远方来的商人携有不知名的异兽,陈列在可汗的金顶帐篷前;结尾赞叹的是一位睿智的大臣用最日常的经验认出来,那不过是一只超大号的老鼠,学一声猫叫就足以将其吓个半死。这歌谣在长城外边一直口口相传,且说在长城里的帝国首都,也有某位大臣正努力化解主子的尴尬。他的方法是翻书,城里有浩如烟海的书(据说其中一些内容可以追溯到五千年前),饱读诗书的大臣几天几夜不眠不休,终于找到了答案:

吾皇万岁! 奴才查到了! 成书于晋代的《南中八郡志》中提到“交趾有果然,白面,黑身,毛彩班烂”;再早些,三国时吴国人万震写有《南州异物志》,他说:“交州以南有果然兽,其鸣自呼,身如猿,犬面,通身白色,其体不过三尺,而尾长四尺余,反尾度身过其头。”他还说:“其毛长,柔细滑泽，色以白为质，黑为文，视如苍头鸭，胁边斑文。”奴才还查到，其实早在先秦古籍《山海经》中就已经提到果然了，说它“群行，老者在前，少者在后，得果食，辄与老者，似有义焉”，最关键的是下面这句，“交趾诸山有之”。

《交趾果然图》，郎世宁绘，台北故宫博物院藏

所以陛下，奴才认定这异兽就是交趾果然。

原来它就是交趾果然。辛苦爱卿了，几日不见你的辫子竟然白了这许多。

搞清了异兽的名号，从米兰来的天主教耶稣会修道士郎世宁就又派上了用场，仍然不是传教，还只是画画。面对兀自玩耍的交趾果然，年过七旬的老先生用油彩笔在绢上捕捉它的形貌。联想到《山海经》中的记载，乾隆皇帝免不了要诗兴发作，不仅随口吟出自己第N首所谓的诗，还让刚刚被提拔为军机大臣的于敏中将诗题写在了郎世宁的画上：

寓属生交趾 自呼名果然
欢同难还共 小后大居前
柳异王孙恶 郭齐君子贤
不因皮适褥 林处命宁捐

这是一幅纵109.8厘米、横84.7厘米的立轴，因为画上“御题交趾果然诗”而得名《交趾果然图》，从画成的公元1761年(清乾隆二十六年)弹指一挥,已超过二百五十年的光景。那只异兽何时停止了玩耍?在过往这许多年里,可曾有人为我的问题写下答案?要知道从忽必烈驻跸大都开始算起,这座巨大的城池就陆续收藏了各种奇禽异兽,接纳了无数三教九流。七百多年间,至少有上百头大象、数千只狮虎,前赴后继被送进城中,它们慢慢衰老,在一声声长啸后一个个轰然死去,它们的遗骸被遗弃到京师某个只存在于我想象中的深潭里,在那潭底如密林般的獠牙、肋骨间,它继续它孤独的玩耍。画成《交趾果然图》五年后,七十八岁的郎世宁与世长辞,他被乾隆皇帝追授侍郎的官衔,安葬在京师“阜成门外二里沟嘉兴观之右”的滕公栅栏,与利玛窦、汤若望、南怀仁等诸多来华传教士相伴,他停下了手中的画笔,他的后辈继续他们的事业。

这是故事的起点,却不是博尔赫斯式的呓语,画影图形证实了它的存在。经历了20世纪30、40年代的颠沛流离,目前这幅《交趾果然图》收藏在台北故宫博物院中。你可以随时去台北故宫博物院,却不可能得到一睹那异兽影像的保证。它最近一次与公众见面,是在六年前的

"造型与美感——清宫博物图"特展上。至于郎世宁身后,又有另一番不安息:1900 年、1966 年滕公栅栏墓地两度被毁,无神论者百无禁忌,围着墓地造了一圈灰色的大楼——谁能想到中共北京市委党校的核心竟然是"明清以来外国传教士墓地"。

故事讲到这里居然要峰回路转,因为异兽啊,其实你不是交趾果然。我用一帧照片和你的画影图形比对:你俩有同样杏黄色的眼睛,同样黑白相间、蓬松修长的尾巴,甚至在各自右前臂的内侧都有一块黑色的印迹!你便是它了,它即是你。如此,我可以负责任地告诉你,你现在的名字叫——环尾狐猴;如此,我找到了你的故乡——南半球里、印度洋中、非洲大陆东南方向的马达加斯加岛,再细致一些,是在岛屿南部的图利亚拉(Toliara)地区。

可你已经自认是这东亚古城的原住民,操着一口流利的京片子反驳我:"得了您呐,好端端的交趾果然,这可是乾隆爷给咱起的名儿。为什么要改叫猴儿?还是什么狐狸猴儿?!当然啦,名字不就是个记号儿嘛,张三李四王二麻子,您爱怎么叫我都行,随您的便。”请你少安毋躁,容我陈述你的前世,须知不只城北草原上有居无定所的游吟诗人,城南那片蔚蓝色的海上也有歌者漂泊的踪影。

你看,用拉丁字母写作的历史学家从陌生的南岛语族史诗中断章摘句,拼凑出方块字外另类的图景:一千四百年前,世界第三大岛婆罗洲上有人驾船涉海流浪远方,最终抵达世界第四大岛马达加斯加;四百年前他们在岛屿中部的高原上创建梅里纳王国;1745 年,一个肤色黝黑的婴儿在王国禁地安布希曼加圣山(Royal Hill of Ambohimanga)出生,他叫安德里亚南普伊奈梅里纳(Andrianampoinimerina),一个冗长的名字。

接下来发生了什么?请允许我用方块字开始博尔赫斯式的杜撰:关于那个婴儿的未来,两位从北边海上来的祭司都预言他必将成就大业,这两位祭司形象迥异,具体点说,从东北方来的祭司黄皮肤、黑眼睛,脑后留着一根辫子,从西北方来的祭司胸前挂着十字,苍白的面孔,眼里泛着蓝光……十多年后,两位祭司都打算告老还乡,刚好岛屿南部的图利亚拉部落奉上两只神兽,于是安德里亚南普伊奈梅里纳建议父王把神兽分送给他俩。

留辫子的祭司携带着神兽，几经辗转，人不知所终，最终兽被作为异物送到了大清帝国的首都，那就是你——交趾果然。

挂十字的祭司携带着神兽，与留辫子的分道扬镳，绝尘西去没了消息，直到1758年，瑞典人卡尔·冯·林奈(Carl von Linné)推出了《自然系统》第十版。在书中，这位新教路德宗的虔诚信徒不仅正式提出了灵长目的定义，更把人类和那头神兽都归于灵长目之下。非但如此，这位“现代生物分类学之父”还从古罗马诗人维吉尔和奥维德的作品中获取灵感，给你兄弟或姐妹取的名字是：Lemur catta。

听您这么一说，咱祖上和周口店龙骨山是决计没什么渊源了？

这个嘛……我还真不太清楚，我只了解到您现在英文名字叫Ring-tailed lemur，还有就是阜成门往北有西直门，当初您在宫里喝的玉泉山的水就是通过这个城门楼子运进来的，您老的画影图形问世145年后，西直门外建了个万牲园,也就是北京动物园的前身,直到 1982 年 5 月,那里才和美国纽约布鲁克斯动物园交换,引进了一对环尾狐猴——论辈分它俩该是您第二十多代孙了。如今,这座不断膨胀的东亚古城继续收藏奇禽异兽、接纳三教九流,您的后辈们不断繁衍,成群结队的它们不再像您当初那样寂寞地玩耍。

虽不能和乾隆皇帝的十全武功相提并论,但安德里亚南普伊奈梅里纳也有一番开疆拓土的成就。从 1787 年登基算起,不过数年光景,他就统一了马达加斯加岛上大部分地区。1810 年,他在出生的地方入土为安,他的宝座后来又有二男四女坐过,他的王朝延续了一百一十年,直到“二二八事件”的发生。

你可真能扯啊!我的画影图形好歹也在另一座岛上存放了一个多甲子,1947 年发生在那个岛上同胞相残的悲剧,怎会被你李戴张冠?

我说的不是 1947 年台湾岛的二二八,而是发生在整整半个世纪前、1897 年马达加斯加岛上的二二八,那一天腊纳瓦洛娜三世女王退位,经过两年的战争,苍白皮肤的法兰西人终于开始了对肤色黝黑人的殖民统治……

请你不要再讲下去了,你看,我的灵魂之叶已从东亚这根枝杈上飘落,离开那座巨大的城池,离开阳明山下外双溪畔,投向我在圣山安布希曼加的根,不,我的根在更南方的图利亚拉。回到那片灼热的大地吧,我要在稀疏的灌木林中攀爬,我要在赭红色的地面上跳跃,高高翘起的尾巴后面留下一道许久散不去的尘烟。

好！我发誓追随你归根的步伐。

我要从图利亚拉的自然保护区重新开始自己的旅行。我会在朝拜完安布希曼加圣山后,搭上祭司们北归的船。那是一艘挂满了白帆的木船,沿着东非海岸线行驶,经过你也曾见过的那座叫基尔瓦·基西瓦尼的废墟,它依旧顽强地屹立在入海口,我还打算在老镇拉姆稍事停留,骑着驴子放松神经。

北归的船抵达了终点站——阿曼的阿尔·巴厘德港口,留辫子的和挂十字的祭司在这里拥抱。他俩洒泪而别时,两只环尾狐猴正相互梳理颈项间的毛发,全然不知即将开始天各一方的命运。

我和东归的祭司同行，沿着曲曲折折的海岸线继续漫长的行程：我们在印度河口的塔塔城歇脚，之后又惊异于象岛石窟里奇伟的造像；终于离开阿拉伯海，拐进了孟加拉湾，几世纪的潮涨，把默哈伯利布勒姆海岸边原本棱角分明的石砌神庙蚀得走了形，上万年的潮落，恒河口的红树林里，老虎终于练就了捕捉海豚的本领；我还记得在仰光河口，看到大金塔光芒四射的幻影，我还记得当船停靠到马六甲时，衰老的祭司浑浊的眼里泪花荡漾。

真想不到他归乡的路遥不可期。在今天越南中部的海港小镇会安，祭司停止了呼吸。回忆里热带的瓢泼大雨让他本已潦草的下葬显得更加无序，还记得匆忙间，我遵从他弥留时的话，偷偷剪下那条灰白色的发辫，等回到码头旁的船上，我却发现那只环尾狐猴连带着牢笼神秘失踪……对了，会安当时隶属于后黎朝广南国阮氏政权——那是一个乱得一塌糊涂的时代和地方，那地方被我的家乡笼统地称为交趾。

对于熟悉方块字的人来说，我从会安继续的旅行不再有什么奇异的见闻，更何况那只环尾狐猴后来的故事反倒不可考，如同一粒沙，永远沉没在历史恒河的水底。还好有郎世宁精心描绘了你的模样，让我得以潜入想象的潭底，游走在如密林般的獠牙、肋骨间，把那条灰白色的辫子缠绕在一枚泛着莹莹绿光的犀角上，让旁边继续玩耍的你再不孤寂。

你抬头问道：我的伙伴呢，它的命运如何？——也许在同样泛滥无涯的拉丁字母书库里，早有人写下你伙伴的故事。

我猜得出你下一个问题：那么谁才是真正的交趾果然？——这将是《果然是一只猴子的远行·今生》一篇讲述的内容。

唉，太没出息！我在梦里从未遇见过老虎这样让人沉醉的猛兽。我只梦见过狐狸，还只是些面貌雷同、干瘪不堪的标本。那些走了形的标本哦，形销骨立，活像隔壁一只已然饿得脱了相却依旧妄称大王的猴子。

原谅我，博尔赫斯先生，我篡改了你《梦虎》的结尾。

本文初刊于《品位·经典》2012 年第 1 期

# 后记

平日里读书、旅行、看展览，我会模仿宋人笔记的风格，把所思所想记录下来。翻阅 2002 年的笔记，有阅读郎世宁《交趾果然图》照片后写下的心得。如果没有美国宾州大学教授梅维恒先生的鼓励，我不可能把寥寥几句的札记扩充为一篇学术报告。当然，我最感谢的是李辉老师，正是因为您的信任和鼓励，我才得以在 2011 年到 2015 年间有规律地写出一篇篇文章。汇集在这本书里的，便是原本发表于《品位 · 经典》杂志的若干篇。

2017 年初冬，我去台北看展，注意到台北故宫博物院有学者撰文讨论过《交趾果然图》。虽有知识上的重叠，还好彼此关注的角度不同。其实关于这轴大画，我言犹未尽,但由于生性疏懒,没有检索乾隆起居注之类的第一手档案文献,不敢形成正式的文字。要言之,公元1761年(乾隆二十六年),马达加斯加岛的一只环尾狐猴应该以交趾(今越南)为中转,呈献到北京。乾隆皇帝麾下饱读诗书的君子们,以古书里记载的“交趾果然”来命名它。几乎与此同时,马达加斯加岛的另一只环尾狐猴被送到了西欧,生物双名法的创立者林奈赋予它科学的定名与分类。

可见对于未知事物的认识,传统中国的处理方式是回溯,认为“天下”无所不包,皓首穷经可以找到答案;而文艺复兴后的西欧,处理方式是向前探索,不断以新知扩充人类对于未知世界的认识。一个与“知之为知之,不知为不知”的“圣训”不谋而合;一个与古为徒,非要在“知之”的范畴内求索“不知”,从唐宋八大家到前后七子、晚清康梁,永远要擎着“古”的大橐负重前行,浑然忘却“不知而自以为知,百祸之宗也”的道理。这是中西在世界观、方法论上本质性的不同,也是我坚定地认为现代中国的起点是“五四”的理据所在。曾有先生说过“没有晚清,何来‘五四’”,我要说:没有“五四”,何来晚清?这,不是抬杠。

收录在这本书里的,是我在求知路上的一些话。所谓“觉今是而昨非”,看这些多年前陆续书写的文字,我和你(父母、馨君、春禾、我的读者们)一样感觉陌生,我甚至比你有更多不满意的地方。还好,实迷途其未远,此刻、未来,我会加倍努力。假以时日,我将去河内以北的宣光、北乾一带,寻访真正的“交趾果然”——越南金丝猴,为你写出《果然是一只猴子的远行》的完结篇。

2018 年 6 月 5 日于北京

“采桑文丛”第二辑

| | |
|---|---|
| 《藏与跋·第二辑》 | 李　辉　著 |
| 《马未都闲谈》 | 马未都　著 |
| 《诗札记》 | 张新颖　著 |
| 《闲书闲话》 | 李庆西　著 |
| 《西风引——欧行四章》 | 张檿弓　著 |
| 《果然是猴子的旅行》 | 乔鲁京　著 |